偽聖女にされましたが、幸せになりました

平民聖女と救国の王子

霜　月　零

R E I S H I M O D U K I

一迅社文庫アイリス

CONTENTS

ルーナ
ゼルガーン王国の平民出の聖女。
治癒、浄化、結界の魔法が得意。
シルフォニア公爵家の
養女に迎えられているが、
義妹との関係はよくない。
婚約者となったパーシバル王子との
関係も悪く、王宮では肩身の狭い
思いをしている。
ラゼット
ゼルガーン王国の
第二王子。
闇魔法を得意とする、
王宮討滅騎士団の団長。
妾妃の子で、闇属性であることから、
パーシバル王子から嫌われており、
王宮の使用人からも
軽く扱われがち。

偽聖女にされましたが、幸せになりました

平民聖女と救国の王子

Character

パーシバル

ゼルガーン王国の第一王子。
火魔法が得意な
ルーナの婚約者。

ヴァニスカ

シルフォニア公爵家の令嬢。
結界魔法が使える
ルーナの義妹。

ベルド

王宮討滅騎士団の団員。
剣を得意とする青年。

メル

王宮討滅騎士団の団員。
弓を得意とする青年。

Keyword

王宮討滅騎士団

魔物を討伐するために
結成された騎士団。
実力はあるが、騎士団に
馴染めなかった者達で
構成されている。

魔の森

凶悪な魔物が
数多くいる、
瘴気があふれている森。

魔石

討伐した魔物が残す石。
加工すれば宝石となり、
魔力を込めれば魔導石となるため、
重宝されている。

魔ハーブ

薬草の一種。
ハーブティや料理の
スパイスとして
使用されている。

イラストレーション◆一花夜

偽聖女にされましたが、幸せになりました　平民聖女と救国の王子

And lived happily ever after. 3rd.

【序章】

きらびやかな結界式の会場は、いつ見ても息が詰まる気がする。

第三王子であるトライトレ様にエスコートされながら、わたしはそんなことを思う。

大ぶりの魔導石を使用したシャンデリアが緻密《ちみつ》な彫刻の彫られた天井からいくつも連なり、真っ白い床には魔法陣がいくつも描かれている。

王宮に住まわせられてもう六年も経《た》つけれど、いまだに慣れない。きっと、一生慣れることはないのだろう。

大広間の正面に祀《まつ》られた初代聖女像は、わたしの気持ちなどお構いなしに、優しい微笑を浮かべて祈りを捧げている。

すべてが真っ白なその像からは想像できないが、初代聖女はわたしと同じ銀の髪と、紫の瞳《ひとみ》を持っていたのだという。

(わたしの瞳は、後天的なものだけれど)

生まれた時にはお母さんとよく似た明るい茶色をしていたわたしの瞳は、聖女の力に目覚めた時に紫に変色してしまった。

ただでさえ珍しい瞳の色に加え、よく見なければ気づかれないけれど、覗《のぞ》き込むと目の奥に小さな光の粉が舞っている。

ため息を堪《こら》えて俯《うつむ》くと、着古した聖女の正装たる法衣《ほうえ》が目に入る。

質がよく洗礼された正装は、華やかなドレスで溢《あふ》れるこの場所でもわたしが唯一着ることができる服だ。

白地に聖女の瞳を思わせる紫の差し色と、金色の細かな刺繍《ししゅう》が美しい。

大切に着ているから、ほつれや目立つ汚れはないが、そろそろ丈が合わなくなってきている。

十六歳にしては小柄なわたしも、年々少しは成長しているのだ。十三歳の時に作られた正装は、三年経ったいまはやはり少し袖丈《そでたけ》などに無理が出てきている。

「ルーナ！　お前は今日《きょう》もその貧相な格好なのだな！」

わたしを呼び捨てにする険のこもった声に、はっとして顔を上げる。

いつの間にかわたしの婚約者であり、この国の第一王子であるパーシバル様が来ていた。

その隣には、名ばかりの義妹《いもうと》であるヴァニスカ・シルフォニア公爵令嬢が当然のように腕をからめてこちらを睨《にら》んでいる。

(また今日もいびられるのかな)

二人といると胃の辺りがキュッとする。

首から下げたお母さんの手紙の入った小袋を、服の上からそっと押さえた。

わたしが聖女として目覚めるまでは、ヴァニスカ様こそが聖女ではないかといわれていたらしい。

輝くような艶《つや》やかな銀髪と、濃い赤紫の瞳を持つ彼女は治癒の力を持ち、結界も張ることができる。

だというのに、平民のわたしが聖女の力に目覚め、光の粉の舞う聖女の証《あかし》である紫の瞳を発現させたのだから、その憎しみは深いのだろう。

「嫌だわ、お義姉様《ねえさま》。またそのような粗末な法衣を……。この間仕立てたばかりのドレスをなぜ着てくださらないのですか」

周囲に聞こえるようにヴァニスカ様は言うが、公爵家の養女にされて以来、ドレスなど仕立ててもらったこともない。

名ばかりの養女だ。

聖女とはいえ、平民を第一王子であるパーシバル様の婚約者にはできなかったから、シルフォニア公爵家の養女とされたのだ。

「ふんっ、結界式には何も聖女の法衣でなくともいいものを、ヴァニスカに見せつけるために着てきているのだろう。育ちの悪さが性根に出ている醜い女だ」

嫌悪を隠しもしないパーシバル様の言葉に俯く。何を言っても無駄なのだ、本当に。いまは人目もあるから殴られはしないだろうが、言い返せば言い返しただけ後々の暴力が酷《ひど》くなる。

トライトレ様がエスコートする手に力を込めてくれた。

一人にはしませんよという優しさを感じて泣きたくなった。

「兄上。婚約者であるルーナ様をエスコートもせずに、なぜそんなことを言われるのですか」

「うるさいっ、お前だって婚約者を放置してこんな平民女をエスコートしているじゃないか」

「訂正してください。ルーナ様はもう平民ではありません。シルフォニア公爵令嬢です」

「ふんっ、名ばかりの公爵令嬢であることは誰《だれ》もが知っていることだろう。ヴァニスカのように生まれながらの貴族とその平民を同等に扱おうとするなど烏滸《おこ》がましい。そいつのエスコートはいつもラゼットがしているだろうが」

「ラゼット兄様は陛下のご命令で魔竜の討伐に出ているではありませんか。パーシバル兄上はいつもルーナ様のエスコートをラゼット兄様に押し付けて……。婚約者であるルーナ様をエスコートもせずに、その義妹であるとはいえ婚約者でもないヴァニスカ嬢をエスコートしていることは本来ならばありえないことです。ルーナ様を侮辱する前に、ご自分の行動を見直したらいかがですか？」

「くっ、いちいち煩《うるさ》いやつめっ。おい、ルーナ。勘違いするなよ？　お前はただの仮初《かりそめ》の聖女だ。父上が認めても、俺《おれ》は絶対に認めない。何とか言ってみたらどうだ！」

『わたしは……』

自分から聖女を名乗ったわけではないと言おうとして、声に詰まる。

喉《のど》に痛みが走ったからだ。

控室で紅茶を飲んでいた時から喉の調子がおかしかった。

わたしの声がかすれるのを見て、パーシバル様とヴァニスカ様が一瞬口の端を歪《ゆが》めて嗤《わら》ったような気がした。

「ふんっ、ヴァニスカ、行くぞっ！」

「えぇ、そうですわねっ」

パーシバル様とヴァニスカ様が苛立《いらだ》たし気に離れていく。

「ルーナ様。パーシバル兄上が本当に申し訳ありません」

「……いつも、本当に……」

ありがとうございます、と伝えようとして、やはり喉に痛みが走って言葉に詰まった。

（なんだろう？　本当に風邪をひいてしまったのかしら）

声が上手《うま》く出せない分、トライトレ様に深く頭を下げて、感謝の気持ちを伝える。

「ルーナ様の結界があってこそ、この国の平和は保たれています。何かあったら、すぐに私を頼ってくださいね。パーシバル兄上は理解してくださいませんが、私もラゼット兄様も、それにアドリアナも。皆、ルーナ様に感謝していますから」

初代聖女像の前までエスコートしてくれたトライトレ様は、そういって自身の婚約者であるアドリアナ様の側《そば》に戻っていく。アドリアナ様がわたしを見て優しく微笑《ほほえ》んでくださった。

いつもエスコートしてくれる第二王子のラゼットがいなかったから、トライトレ様が急遽《きゅうきょ》わたしのエスコートをしてくれることになったのだ。本来ならアドリアナ様をエスコートするはずだったのに、快くトライトレ様を貸し出してくれた彼女には心から感謝したい。

ただでさえパーシバル様のせいで貴族の間にもわたしを平民聖女と呼ぶ人達がいるのだ。誰にもエスコートされずに一人で結界式に訪れたら、格好の嗤いのネタを提供してしまうことになっただろう。

同じ王妃様から生まれているというのに、なぜパーシバル様とトライトレ様はこうも違うのだろうか。パーシバル様にトライトレ様のほんの少しの優しさでも備わってくれていたら、わたしも婚約者として少しは好意が持てたかもしれないのに。

(……ラゼットなら、王妃様のお子ではないから、性格の違いもわかるのだけれど)

ラゼットは、陛下が身分の低い女性に産ませた王子だ。

側妃になるにも身分が足らず、妾妃《しょうひ》だったらしい。わたしが城に連れてこられた時にはもうすでに亡くなっていらしたから、詳細はわからない。

残っていた肖像画を見ると、とても美しい方だったのだと思う。

黒髪黒目で闇《やみ》属性を持つラゼットは、濃密な金髪と鮮やかな青目のパーシバル様から見ると、平民のわたしと同じく忌むべき存在で、いつも嫌がらせを受けている。

『ちっ、何で王家に闇属性なんかが。俺と同じ血が少しでも流れていると思うと虫唾《むしず》が走る』

そんな風にラゼットがパーシバル様に詰《なじ》られるのを何度見ただろう。

妾妃の子であるラゼットは、王妃様のお子であるパーシバル様に口答えなど許されない。

感情を表情ごと殺して俯く姿に親近感を抱いた。

同じパーシバル様の被害者的な感覚で、わたしにとってラゼットは王子だけれど仲間だ。

(会いたいな……)

彼は王宮討滅騎士団として魔の森に出たという魔竜討伐に駆り出され、かれこれ三週間ほど城を空けている。

今日の結界式までには戻られると思われていたけれど、連絡がない。魔竜に手こずっているのだろうか。とても心配なのだが、わたしから連絡を取る手段はない。

そしてやはり喉が痛い。

さっさと治癒魔法で治してしまいたいが、一年に一度の結界式で張る結界にはいつもの祈りの間で捧げる祈りの結界よりも多くの魔力を消費する。余分な魔力の消耗は避けたいところだ。

今日の結界式には陛下も王妃様も、そしてラゼットもいない。

王の代理としてパーシバル様が結界式の進行を務める。

いつも以上に完璧《かんぺき》な結界を張り巡らさなければ、酷く責められるのは目に見えている。

喉の治療は結界式のあとでいいだろう。

(わたしの作業は、祈りを捧げて結界を張るだけだしね)

特に声に出さなければ結界を張れないわけではないのだ。

初代聖女像の側で待機していると、マントを羽織り直したパーシバル様が正面の舞台袖から姿を現す。初代聖女のものだという杖《つえ》を手に、彼はわたしの側まで歩みを進める。

ここから先は杖を手渡されたわたしが初代聖女像に祈りを捧げ、杖を掲げて結界を張り巡らせる。真っ白な初代聖女像と同じく純白の杖は、細かな意匠と魔導石がはめ込まれている。

（……パーシバル様？）

わたしの隣まで来たというのに、杖を渡してくださらない。

手順を忘れてしまわれたのだろうか。

怪訝《けげん》に思うものの極力顔には出さないように気を付ける。

周囲がざわつき始めると、やっとパーシバル様は嫌々ながらも杖を手渡してきた。

わたしはそれを恭しく受け取り、初代聖女像の前に進み、手順通りに跪《ひざまず》き祈りを捧げる。

杖を掲げると、連なった魔導石がシャラリと音を奏でた。

そして結界を張り巡らそうとして――――。

(結界が、張れない!?)

どきりと心臓が跳ねる。

いつも息をするように張れる結界が発動しないのだ。

それどころか体中の魔力が上手く操れない。自分のものではないかのようだ。

確かに最近、結界を張るのにも治癒を施すことにも、以前より時間がかかるようになっていた。そのことをパーシバル様に罵《ののし》られれば罵られる分だけ、より一層できなくなってもいた。

けれどこんな風に全く何も反応しないなんていままでになかったことだ。

（落ち着いて。ゆっくりと、冷静になればきっと発動するわ）

六年間やってきたのだ。

できないはずがない。

けれど何度も挑戦してみるが、結界が張れる気配すらしない。先ほどの比ではないほどに集まった貴族達がざわつき出す。

（落ち着いて、落ち着いて、落ち着いて……）

思いとは裏腹にどんどん気は焦っていく。

「やはりな」

痺《しび》れを切らしたように、パーシバル様がわたしの杖を奪った。

「皆の者、見ただろうか？　この者は結界を張ることができない。偽《にせ》聖女だ！」

高々と目の前で言い切る彼に、わたしは動揺が止まらない。

（わたしが偽聖女？　平民だから？　でも歴代の聖女は、貴族も平民もどちらもいたはずだわ）

困惑するわたしに、パーシバル様はさらに言い募る。

「偽聖女よ、お前の振る舞いにはもう我慢ならん！　聖女を騙《かた》ったばかりか、義妹を妬《ねた》み嫉妬《しっと》のあまり虐げるなど、とても聖女の器とは思えない。生まれた時から紫の瞳を持つ我が最愛のヴァニスカ・シルフォニア公爵令嬢こそ、真の聖女。さぁ、ヴァニスカ、その力を見せてやるがいい！」

パーシバル様の言葉にこたえて、ヴァニスカ様も初代聖女像の前に来る。

「えぇ、わたくしこそが真の聖女ですわ。聖女の証たる結界は、わたくしが張り巡らせて見せます！」

受け取った杖で彼女が祈りを捧げ、結界を張り巡らす。彼女から溢れる結界魔法は豪奢《ごうしゃ》なレースを広げたかのように華やかに放たれる。

床に描かれた魔法陣が一気に光り輝いた。

結界が張り巡らされた証拠だ。

貴族達から驚きと感嘆の声が上がる。

どくどくと心臓が高鳴り、嫌な汗が止まらない。

「皆のもの見たか！　これが真の聖女たるヴァニスカの力だ！　そしていまここに宣言する。偽聖女ルーナとの婚約を破棄し、真の聖女たるヴァニスカ・シルフォニア公爵令嬢を婚約者とすると！」

まるで舞台俳優のように大ぶりな手ぶりで周囲に叫ぶパーシバル様。

そして当然のようにその隣で微笑むヴァニスカ様。

「お義姉様には荷が重かったのでしょう。平民だというのに聖女と間違われ、パーシバル様の婚約者にされるのは。いつも言っていらしたものね？　聖女でなどいたくないと。ですから、わたくしがお義姉様の代わりに立派に聖女と王子妃としての役割を務めさせて頂きますわ」

勝ち誇ったように嗤う彼らに言い返したいが、声が出ない。

「このように、ルーナは平民でありながら聖女を名乗り、長年真の聖女たるヴァニスカをその存在でもって虐げてきた。真の聖女であるのに聖女として扱われなかったヴァニスカの心労は察するに余りある。ルーナの聖女を騙ったその罪は明白であり、極刑に値する！　衛兵！　今すぐその偽聖女を投獄せよ！」

パーシバル様の命令で、衛兵達が周囲を取り囲む。

逃げ場はない。

「待ってください、ルーナ様がいままで結界を張り続けていたことは事実です！」

トライトレ様がパーシバル王子の発言に異を唱える。

それに舌打ちしながら、パーシバル様はわたしを指さす。

「だが今のを見たであろう！　こいつはもう結界を張ることができないではないか」

「確かに今は聖女の力を使えなくなっているようですが、いままでの功績を考慮すべきです」

「その功績とやらも怪しいものだ。ここ数年、ルーナの結界能力はその証拠に落ちる一方では

ないか。偽聖女が冤罪《えんざい》だというのなら、いまここでおのれの無実を『言って』みるがいい」

にやにやと嗤いながらパーシバル様がわたしを見る。

けれどわたしは声が出せない。

出そうとしても喉の痛みが強くて、言葉を発せられないのだ。

治癒魔法で治そうにも、魔力が言うことを聞いてくれなくてどうすることもできない。

「ははっ、見たことか！　何も言い返せぬではないか。事実ゆえ、反論できないんだろうっ」

悔しい。

わたしが自分から聖女を名乗ったわけではない。

勝手に聖女として王宮に連れてこられて、毎日毎日いびられながら、それでもこの国のために結界を張り続けてきたのに。

衛兵が一歩、わたしに近づく。

ぎゅっと瞳を強く瞑《つむ》った。

【一章】魔の森

(疲れたな……)

あてがわれた客室で、わたしはソファーに腰かける。

パーシバル様はわたしを即座に投獄しようとしたけれど、アドリアナ様の父君であらせられるフォーレンハイト公爵が止めてくれた。

『まぁ、待ちたまえ』

王弟であるフォーレンハイト公爵のその一言で場が静まり返り、わたしがいまは結界を張れずとも、偽《にせ》聖女と断ずるには早すぎること、そして長年この国の結界を張り続けてきたことをパーシバル様に諭してくださった。多くの貴族もフォーレンハイト公爵に同調してくださり、そのお陰でわたしは地下の牢獄《ろうごく》ではなく、この客室で軟禁という形になったのだ。

トライトレ様とアドリアナ様が客室まで一緒についてきてくださったから、パーシバル様に乱暴を働かれることもなかった。

部屋の前には見張りの衛兵が控えているけれど、監視というよりは護衛かもしれない。

(パーシバル様なら、強引にわたしを地下牢へ投げ込みそうだものね)

結界式での剣幕ならば、貴族用の牢ではなく、平民の、それも一番過酷な牢に入れられていてもおかしくはなかった。

『陛下が戻られれば、すぐに無実が証明されますから。どうか、それまでお気を確かにお持ちくださいね』

別れ際にアドリアナ様はわたしの手を握り、小声でそう励ましてくださった。

彼女はヴァニスカ様と同じく生粋《きっすい》の公爵令嬢だというのに、平民上がりのわたしを蔑《さげす》むことなく、いつも気にかけてくれている。トライトレ様に会うために王城へ来ることの多い彼女は、わたしにも声をかけてくれる。そんな貴族令嬢は彼女ぐらいだ。

トライトレ様も『父上に一刻も早く戻られるように手紙を飛ばしておく』と約束してくださった。一年に一度の結界式に陛下が参加しなかったのは、わたしが聖女に任命されてから初めてのことだった。

一月ほど前に隣国で魔導石の暴発が相次ぎ、この国からも魔石と魔導石を輸出していたことと、王妃様の実家でもあったため、両陛下が国を空けることになったのだ。

各国との兼ね合いもあったけれど一週間後には帰国予定だったから、この軟禁生活は長くても一週間のはずだ。

陛下が戻られれば、わたしの疑惑は晴れるはず。

だからきっと、わたしは大丈夫。

そう思うのに、不安感に押し潰されそうだ。

パーシバル様がこのまま引き下がるとは思えないからだろうか。

偽聖女としてわたしを排除したい理由はよくわかっている。

ヴァニスカ様と結ばれたいからだ。

婚約破棄ならこちらからお願いしたいぐらいなのに、平民出身のわたしに拒否権なんかない。

ヴァニスカ様とはわたしと出会う前から思い合う仲だったと聞かされても、正直「だからなに？」だ。

パーシバル様はわたしが二人の邪魔をしたといつもおっしゃっていたけれど、どう考えても違う。強いて言えば邪魔をしたのはパーシバルのお父様である国王陛下だ。

わたしが聖女であるという理由だけで、パーシバル様とわたしの婚約を決定してしまったのだから。

パーシバル様は、大嫌いだ。

彼と結ばれたいだなんて死んでも思えない。

陛下達が戻ればわたしの冤罪《えんざい》は晴れるかもしれないが、婚約はどうなるのだろう。

そのまま継続だろうか？

流石《さすが》に、婚約は解消して頂けるのだろうか。

わたしが聖女の力を持っている限り、ずっとパーシバル様と関わることになる？

(あぁ、駄目ね。嫌な気持ちになってばかり)

ふるふるっと頭を振って、わたしは用意された部屋着に着替えてベッドに潜り込む。

ため息をつくと、肩に違和感を覚えた。

(ん?)

見ると、わたしの銀の髪を分けて、ちょこんと黒い影が乗っている。

(えっと、これは……)

真っ黒で、手の平ぐらいの大きさしかない影は人の形をしている。影をこんな風にできる人をわたしは一人しか知らない。

(ラゼット?)

わたしの考えを読んでくれたのか、うんうんと小人みたいな影が首を縦に振る。

話すことはできなくとも、なんとなく通じるらしい。ラゼットが影魔法の使い手で自在に影を操れることは知っていたが、こんな小さな分身を作り出せることまでは知らなかった。

(もしかして、ラゼットが城を空けている間ずっと、ついていてくれたの?)

さっきと同じように、影人形が頷《うなず》く。そしてわたしの頭を撫《な》でるように手を伸ばす。

小さな手だけれど、ラゼットが側《そば》についていてくれるかのようで、不安な気持ちが安らいでくる。

(そうよね。悩んでも、陛下が戻るまではわからないのだしね)

婚約については、戻られてから考えればいいことだ。

一週間。

陛下と王妃様が戻られるまでの日数。

それまでどうか、何事も起こりませんように。

頭まですっぽりとシーツにくるまり、わたしはラゼットの影小人に寄り添われながら眠りについた。

◇◇◇◇◇

「……っ」

不意に気配を感じて目を覚ました。

月の光が微《かす》かに照らす部屋の中に、誰《だれ》かがいる！

「こいつ起きやがった！　早く拘束しろっ」

薄暗くはっきりと見えない中でも声でわかる。パーシバル様だ。

そしてもう一人はローブをまとった男で、有無を言わさずわたしを縛り上げた。逃げる間もなかった。

両手を後ろに縛られ、拘束される。

（なに？　いったい、なにが……）

部屋の外には衛兵がいるはずだが、気配を感じない。

助けを呼ぼうにも声はまだ出ないし、魔力も違和感が残っている。

ラゼットが付けてくれた影小人は、首の後ろあたりに移動して様子をうかがっているようだ。

「はっ、まだ声が出ないのかよ。こいつは都合がいい。お前が好きな紅茶に仕込んだのは正解だったなぁ」

目が大分慣れてきて、パーシバル様の嘲笑《あざわら》う表情がよくわかる。

（紅茶に仕込んで……？　まさか、わたしは毒を盛られていたの!?）

違和感はあった。

紅茶はいつもより苦みが強くて、喉《のど》に刺激も感じていた。なのにわたしは気のせいとばかりに紅茶を飲み干してしまった。

（毒を盛られているって知ってたら、絶対にあの高い紅茶飲まなかったのに！）

滅多に飲めない大好きな紅茶だからと、食い意地が張ったばかりにこんなことに。

おそらく自分の魔力に違和感が残っているのも、毒の影響だろう。

結界式で多くの魔力を使うからと、毒が回りきる前に自分自身に治癒を施さなかったことが悔やまれる。まさか王宮で毒を飲まされるなどと思わないではないか。

情け容赦なくきつめに縛り上げられた縄が腕に食い込んで痛い。

パーシバル様がわたしの髪を掴《つか》み上げる。

「……っ、……！」

「貴様のような奴《やつ》が、聖女を名乗るのは最初から気に入らなかったんだよ。薄汚い平民が、金日当てで王宮に潜り込みやがって」

ぱんっと頬《ほお》を平手で叩《たた》かれた。

(王宮に潜り込んだ？　金目当て？　どちらも違うわ。聖女と判明して、いきなり王宮に連れてきたのはそっちでしょ！)

思いっきり言い返したいが言い返せない。

叩かれた頬がじんじんと痛みを訴える。

「なんだその目つきは？　俺《おれ》に文句があるのか平民風情が！」

「……っ！」

思いっきり蹴《け》り飛ばされた。

ゲホゲホと咳《せ》き込むわたしに、パーシバル様は満足げに嗤《わら》った。

「はっ、そうして床に這《は》いつくばってるのがお似合いなんだよ。なぁ、偽聖女。お前はこれから逃げ出すんだ。偽聖女とバレるのを恐れてな」

何を言っているのだこの人は。

この状況でどう逃げられるというのか。

「父上が帰ってくる前にお前が姿を消せば、誰もが認めるだろう。ヴァニスカこそが真の聖女だったのだと」

姿を消す？

（まさかこの人、わたしを殺すつもりなの⁉）

さっと血の気が引く。

何もしていなくともパーシバル様の気に障ればいつでも殴られていたけれど、まさかそんなことをしようとしているとは思わなかった。

「飛ばせ。魔の森にな」

パーシバル様がローブの男に命じると、わたしの身体《からだ》の下に魔法陣が浮かび上がる。

（転移魔法陣……っ）

身体をひねり魔法陣から逃れようと足掻《あが》くが無駄だった。

「お前は罪が発覚するのを恐れて逃げ出すんだ。そして無様にも魔の森で遺体となって発見されるんだ。なぁ、偽聖女！」

ばさりと聖女の正装である法衣《ほうえ》が投げつけられる。

高らかに嗤うパーシバル様の楽しげな声を聞きながら、わたしは光り輝く転移魔法陣で魔の森へ転移させられた。

◇◇◇◇◇◇

情け容赦なく地面に叩きつけられるように転移して、痛みにわたしはうずくまる。両手を後ろに縛られているから、咄嗟《とっさ》に地面に手をつくことさえできなかった。

鬱蒼《うっそう》とした森の中は、いまにも何か出てきそうだ。

瘴気《しょうき》を強く感じるのは、ここが魔の森に他《ほか》ならないからだろう。

(早く、縄をどうにか解《ほど》かないと)

身じろぎすると、投げつけられた法衣がずるりと地面に落ちた。

(わたしが着ていた法衣が見つかれば、魔の森にわたしが逃げたと証明できるものね)

パーシバル様の考えが手に取るようにわかってしまって、辛《つら》い。

初めて会った時からずっと嫌われていたし、わたしだって彼のことは大っ嫌いだ。

けれどこんな風に、殺すために魔の森の中に投げ捨てたいほど憎まれているとまでは、思っていなかった。

いつでも婚約破棄してくれてよかったのだ。

パーシバル様の婚約者にと望んだことなど、一度だってないのだから。

平民平民と蔑むのだから、わたしの方から婚約破棄などできないことを誰よりもわかっているはずなのに。

悔し涙が零《こぼ》れるが、わたしは歯を食いしばって立ち上がる。

泣いたってしょうがない。

とにかくこの縄を解いて動けるようにしないと。

ここは間違いなく魔の森で、どちらが出口なのかもわからないほど道らしきものがない。

木の上ではなく、地面に落とされた転移だったのはまだ幸運かもしれない。

上に落とされていたら鋭い木の枝で串刺しだ。

怖い想像に頭を振って、わたしは木の幹に縄をこすりつける。

(駄目かな、この縄にも魔法が使われていたりするの?)

手首が痛いけれど縄に傷がつけられないかと試すが、びくともしない。余計手が痛くなっただけだった。

ひょこんと、ラゼットの影小人が肩に現れる。

するするとわたしの腕を伝って背中に回り、ごそごそと何かをしているようだ。

(もしかして、縄を解こうとしてくれている?)

首をひねって後ろを見ようとするが、縛られている手首はよく見えなくてわからない。でもきっとそうだろう。

身じろぎしていると服の下で小袋がこすれた。

(お母さんからの手紙を持ってこられたのはよかったな)

年に一回届くお母さんからの手紙は、わたしの宝物だ。

常に服の下にある小袋に入れていつも肌身離さず持っていたから、パーシバル様にも気づかれずに済んだ。

もし見つかっていたら、わたしの目の前で処分されていただろう。得意の火魔法でこれ見よがしに燃やされていたかもしれない。

いつもお母さんからの手紙は、ラゼットが持ってきてくれている。

侍女達もパーシバル様もいない時にこっそりと渡されていたから、この手紙のことを知っているのはわたしとラゼットだけだ。

パーシバル様に手紙を奪われずに転移させられたのも、運がいいと思えてくる。

そう、わたしはきっと運がいいのだ。

だから、こんな魔の森の中で縛られて放置されようとも、きっと、何とかなる。

ラゼットの影小人が、肩までよじ登ってきてわたしを悲し気に見つめる。縄は解けなかったらしい。

気にしないでと伝えるために微笑《ほほえ》んで、わたしはむんっと気合を入れる。

薄暗い月明かりの中を何か縄を切れるものはないかと周囲を探す。

幹にこすりつけて切れなくとも、鋭くとがった枝でも生えていれば、それでどうにかならないだろうか。

(流石に、ナイフなんて落ちていないものね)

落ちていたとしても、後ろ手に縛られているのだからまともに使えない。

自分の指を切り落とすのが関の山だろう。ガラスの破片でも変わらない結果になりそうだ。

森の木々の合間から零れる月明かりは頼りない。

(あ、でも。後ろ手に縛った縄でそのままぐるぐると二の腕ごと身体を縛られたよね?)

手首を縛る縄をそのまま使っていたということは、何も背中に回された手首の縄を切らずとも、目視できる二の腕や胸の下の縄を切れれば全部解けるんじゃないだろうか。

わたしは尖《とが》った枝を探すと、二の腕の縄をその枝に刺す。

見えない手首と違って、見えている二の腕ならいけそうだ。

さっきまでびくともしなかった縄が傷ついていくのがわかる。少しずつとはいえ傷さえつけ続ければそのうち切れるはず。


――ガサリッ。


物音にびくりと肩が跳ねる。

(まさか……)

ここが魔の森であることを思い出す。

(やめてよ？　わたしは結界は張れても攻撃魔法で戦うことなんてできないのよ？)
治癒魔法は髪色が銀髪なせいか、聖女に目覚める前から多少は使えていた。
だからこそ、薬もまともに買えなかったのに病に苦しむお母さんを看病できた。
けれど攻撃魔法はからっきしだ。
ガサゴソとした音はどんどん近づいてくる。
これ、わたしに気づいている？
(逃げないと。え、まって、枝が抜けない⁉)
縄を切るために使っていた鋭い枝が、縄に食い込んで外れない。
ぐっと引っ張るが駄目だ。
焦れば焦るほど食い込んでいく。
いっそ切れてくれればいいものを。
(早く逃げないと危険なのに！)
涙が出そうになるが泣いている場合ではない。
えいっと勢いよく倒れるように引っ張ってやっと取り外せた。
でももう、遅い。
正面の木々の間から、赤い瞳《ひとみ》が見えている。
そっと後ずさろうとするが、どうにもならない。

「……グルゥルウウウウ……」

狼《おおかみ》によく似た姿の、けれど狼であればありえない紫の体毛に覆われている魔物が低いうなり声をあげ、ゆっくりと森の奥から姿を現した。

（お、落ち着いて。叫んでは駄目。叫べないけれど！）

刺激しないように逃げたいが、無理だろう。魔狼《まろう》の赤い瞳はわたしをしっかりととらえているのだから。

「ガルウウウウウウウウッ！」

「きゃあああああああああっ！」

咄嗟に木の幹に隠れてかわす。

魔狼がドスンと勢いよく樹の幹にぶつかった。

逃げなきゃ、とにかく逃げなきゃ！

腕は縛られているが幸い足は縛られていない。魔の森の中をわたしはひたすら走る。

辛うじて月明かりが照らす道なき道は走りづらくて、落ち葉と木の枝が邪魔くさい。

でもそれは魔狼も同じだ。

木の合間に隠れるように走るわたしに何度も飛びかかろうとするが、そのたびに木にぶつかって勢いを削《そ》がれている。

（………苦しっ）

必死に走って息が上がる。

心臓はもうずっとバクバクしているし、でも止まったら確実に死ぬし！

限界なんてたぶんとっくに超えているのに、それでもわたしは必死に足を動かして走る。

「んあっ！」

思いっきり木の枝に足をとらわれ、地面に叩きつけられる。

顔面から思いっきり地面に追突し、痛みに涙が止まらない。すぐには起き上がれない身体を、それでもわたしは必死に起こそうとする。

瞬間、ガシッと魔狼の太い足がわたしの背中を押さえつけた。

ごほっと咳《せき》が出る。

魔狼の荒い呼吸がすぐ耳元で聞こえた。生温かい息が頬に降りかかる。

逃げられない。

こんなことになるなら、パーシバル様をぶん殴っておけばよかった。魔狼に生きたまま喰《く》われるより、不敬罪で処刑の方がまだ楽に死ねただろうから。

それに何より、大っ嫌いな彼を殴ればすっきりする。

魔狼が大きく口を開ける気配。

（せめてひと思いに殺してよ！）

覚悟を決めた瞬間、背中を抑えていた重さが吹っ飛んだ。

身体をねじって振り返ると、漆黒の鎌《かま》を構えた影がたたずんでいる。

魔狼は切り付けられたのだろう。足を負傷しているが、こちらを憎々し気に睨《にら》む。

漆黒の影は、人型だ。

心臓がどくりと嫌な音を立てる。

よろけながら立ち上がろうとすると、雲間から月が覗《のぞ》く。

影が月の光で形を取り戻す。

「え……」

「……大丈夫か」

わたしに背を向けたまま、かけられた声に安堵《あんど》がこみあげてくる。

(この、声！)

慕う声にわたしは涙が出そうになる。

魔狼を牽制《けんせい》しながらもちらりとわたしを見たその顔は、ずっとずっと頼りにしている彼だ。

漆黒の髪に黒曜石の瞳。

すらりと引き締まった筋肉質な身体。

雲が隠していた月が照らすその姿は、第二王子のラゼットだ。

ずっとわたしを気にかけてくれている人。

わたしの肩に乗ったラゼットの影小人がぴょこんと跳ねて頷いた。

（もう、大丈夫）

唸《うな》り声をあげる魔狼に、ラゼットは容赦なく切りかかる。

「ルーナを傷つけた罪は、命で贖《あがな》え」

無数の影が鎌と共に魔狼に襲い掛かり、切り刻む。

あれほど恐ろしかった魔狼は、断末魔の悲鳴を上げて消滅し、後には魔石が転がった。

「それなりの価値か」

無造作にその魔石を拾い上げポケットにしまうと、ラゼットはわたしを振り返る。

「ラゼット！」

「影を伝って転移したけれど……遅くなってすまない」

「ううん、わたしは無事だったから」

転んであちらこちらに擦り傷を負ってはいるが、命に別状はない。ラゼットが来てくれなかったら、パーシバル様の思惑通りになっていただろう。

ラゼットがわたしの側に跪《ひざまず》き、いつの間にか緩んでいた縄を取り除いてくれる。

すると、自分の魔力が安定してきているのを感じた。

いつの間にか声も出ていたし、そろそろ毒の効果も切れるのだろう。

「どうしてここがわかったの？」

「……影魔法で、視《み》えた。助けに来るのが遅れて、本当にすまない……」

ラゼットがわたしの肩の上を見る。

そうか。この子がラゼットに伝えてくれたのか。

「長期間不在にするから……心配で付けていたのだけれど。影じゃ視えてもなにもできなくて……」

長いまつ毛を伏せて、ラゼットは苦しげに呟く。

「わたしを、ずっと見守ってくれていたの？」

「あ、その、うん……でもずっと視ていたわけじゃないんだ！　なにか、ルーナにあった時だけわかるようにしていて……嫌いにならないでくれ」

泣きそうな顔をされて、首をかしげる。

「どうして？」

「監視されてるって、怖くならないか？」

「そんなことない！　ラゼットが心配してくれていたのが嬉《うれ》しいわ。この子が側にいてくれたから、結界式であんなことになってもまだ冷静でいられたの。ラゼットが側にいてくれるって思えたもの」

視られていたことには驚いたが、それよりも嬉しさの方がはるかに勝るのだ。そんな泣きそうな顔をしないでほしい。

でも……。

「魔竜は、討滅騎士団のみんなはどうしたの？」

ラゼットは、王宮討滅騎士団の団長として皆と魔竜討伐に向かっていたはずだ。

まだ魔竜が討伐されたという報告は上がっていなかったはず。

「………」

気まずそうに、ラゼットは目をそらした。

だからわかった。

「誰にも言わずに放置してきたのね？　駄目じゃないっ、そんな風にわたしなんかの所に来ちゃったら、またラゼットが悪く言われるわ」

第二王子であるというのに、この国では闇属性《やみぞくせい》だからと見下すものが多いのだ。

王宮の使用人達ですら、ラゼットは粗末に扱ってもいいという風潮がある。

闇属性であっても、妾妃《しょうひ》の子であっても、ラゼットは王族で高位貴族ですら本来ならば敬わなければいけない存在なのに。

艶《つや》やかな黒髪も、黒曜石のような黒い瞳も、とても綺麗《きれい》なのに闇属性というだけで蔑まれているのが辛い。

「ルーナの方が、大切だから………」

しょぼんとする姿に胸が痛む。

ラゼットはいつもこうだ。

凄《すさ》まじく強いのに、俯《うつむ》きがちで自信がない。

パーシバル様に虐げられ続けたせいだと思う。

毎日のように存在を否定され続けるのだから、自己肯定感など皆無になる。

そのせいで、王子だというのに貴族達からも軽んじられて、なのにどんな時でもわたしを庇《かば》おうとするのだ。

(今日《きょう》の結界式にいないでくれたのは、かえって良かったのかもしれない……。パーシバル様に襲い掛かっていたかも？)

基本的にパーシバル様に逆らえないとはいえ、わたしの命がかかっているとなれば話は変わってしまうかもしれない。

地位の低い妾妃の王子が正妃の、それも第一王子に怪我《けが》でも負わせたらどうなるか……考えただけでゾッとする。

「お願いだから、無茶しないでね？」

「ルーナが危険でさえなかったら」

背伸びして頭を撫でると、嬉しそうに目を細められた。

「本当に、助けてくれてありがとう」

ラゼットが来てくれなかったら、わたしは魔狼に喰われていただろうから。

パーシバル様の思惑通りにことが運ぶのは悔しすぎる。

（っ、そうだ、法衣！）

この森に一緒に転移してきた法衣がない。

「きょろきょろして、どうしたの？」

「わたしの法衣を探さなきゃ。パーシバル様が投げてよこした聖女の法衣も一緒に魔の森に転移させられたの」

明日《あす》の朝には、わたしが部屋から消えたことを皆が知ることになるだろう。

部屋の前には騎士がいたはずだけれど、わたしが転移させられる時には気配がなかった。

他の場所に移動させられていたのか、眠らされていたのか。

どちらにせよ、わたしが部屋から出ていないことを証言してもらうことは不可能だろう。

あれだけパーシバル様がわたしを罵《ののし》って殴っていても誰も部屋に来なかったし、わたしに猿《さる》轡《ぐつわ》を付けなかったのは声が出ないことよりも、ローブの男の魔法で部屋に防音がされていたのだろう。

消えたわたしを探すために捜索隊が組まれるだろうし、パーシバル様はわたしが逃げた証拠のために魔の森のことを匂わせるはずだ。

あの法衣が魔の森で捜索隊に見つかれば、パーシバル様がいうわたしが偽聖女とバレるのを恐れて逃げて魔の森で儚《はかな》くなった――なんていう大嘘《おおうそ》の設定がまかり通ってしまいそう。

「それなら、たぶんこちらだと思う。ルーナが逃げてきた方角も視えていたから」

ラゼットがわたしの手を引いて、魔の森の中を進んでくれる。

意外とわたしは遠くまで走っていたらしい。縄で拘束されていたのに頑張った。

白を基調とした法衣は月明かりの中でも目についた。

「よかった、どこも破れていなさそう」

汚れは浄化魔法で落とせるのだけれど、破けてしまうと繕わなければ直せない。

お母さんからの手紙は服の下に常に持ち歩いていても、裁縫道具はあいにく持ち歩いていないのだ。

「…………」

ラゼットが、そっと目をそらした。

顔が赤いような気がする。

「ラゼット？」

「……服。早く、着てくれ……」

言われて気づく。

（わたしっ、部屋着だ！）

寝ているところをパーシバル様に襲われて、魔の森に捨てられたのだ。

流石に夜着というほど薄くはないが、人前に出られる格好じゃなかった。

自分自身にも着ている服ごと浄化魔法をかけて、わたしは慌てて法衣を被《かぶ》った。

◇◇◇◇◇◇

「うあっ⁉」

激しい魔法攻撃が繰り出され、騎士達の剣が魔狼を貫く。

ラゼットの影魔法で転移した先は、戦闘中だった。

さっきの魔狼ははぐれだったのか、いま目の前にいるのは魔狼の群れだ。

「ルーナは俺から決して離れないで」

ラゼットに頷き、わたしは周囲をうかがう。

魔狼の群れに、六人ほどの騎士風の男性達が手こずっている。

おそらくラゼット率いる王宮討滅騎士団の面々だ。色鮮やかな髪色が多いのは、流石王宮討滅騎士団というべきか。暗い森の中でも鮮やかに輝く髪色で、魔力量が高いのがわかる。

わたしを守りながら、ラゼットが影魔法を行使する。

ラゼットの足元から広がった影がぶわりと空中に飛びあがり、魔狼達を包み込む。

「団長！　どこに消えてたんすかっ」

「メルっ、そんなことよりいまのうちに魔狼にとどめを刺してくれ！　影に拘束されて動きが鈍くなっているっ」

チッと舌打ちして討滅騎士団団員が手にした弓で魔狼を射抜く。

眉間《みけん》を貫かれた魔狼はその場で瘴気が霧散し、魔石を残した。

「お前にばかり活躍させねーよっ、こいつの首は俺がもらった！」

跳躍した団員が魔狼の首を剣で刎《は》ねた。

そしてラゼットは、自身そっくりの影を作り出した。影は鎌をふるって次々と魔狼を屠《ほふ》っていく。

逃げ出し始めた魔狼を追撃はせず、それでも倒した魔狼の数はおびただしい。

ラゼットが軽く息をついて自身の影を解く。

「なんですか、その女は」

鮮やかな金髪が目立つ討滅騎士団の団員に冷たい目を向けられて、わたしは一歩後ずさる。

ラゼットから剣呑《けんのん》な気配が漏れた。

慌ててわたしはラゼットの手を握り返す。ラゼットから漏れた危険な気配が少しだけ和らいでほっとする。

『討滅騎士団と合流しよう』

そうラゼットが提案するので、わたしも同意した。

ラゼットは団長でありながら、皆に何も言わずにわたしのもとに来てしまっていたのだ。

みんな心配しているだろうと、ラゼットの影魔法で影から影へ急ぎ転移してきたのだが――。

開口一番に投げつけられた言葉と視線が想定外だ。

戦闘中だったせいもあるのだろうけれど、随分殺気立っている。

王宮討滅騎士団は、表向きは魔物討伐のための騎士団だ。けれど実態は他の騎士団に馴染《なじ》めなかった者達が押し込められている騎士団になる。

多少口が悪かったり、素行が悪かったり。

騎士団に入団できるのだから、剣や魔法の実力においては信頼できるのだが、いかんせん、言動はいまいちなようだ。

「はっ、俺らを置いて王子サマは女遊びですか。こちらは魔物と必死に戦っていたってのに」

「メル。勝手に現場を離れたことについては、申し訳ないと思っている。けれど遊んでいたわけではないよ」

「聖女の法衣……その服を着ているということは、わがまま聖女様ではないですか？　兄から聞いています。今世の聖女はとても傲慢《ごうまん》な方だと」

「傲慢……ベルド、お前、ルーナになにを言っている」

金髪のメルと呼ばれた団員の隣にいた人は、ベルドというらしい。

茶色い瞳の彼はとても素朴で真面目そうだ。大きな剣を帯剣しているところから、魔法ではなく剣で戦う人なのだろう。眉《まゆ》をひそめてわたしを見る目は剣呑で、少しも歓迎されていないのがわかる。

けれどそれも仕方がない。急にいなくなったラゼットに対して怒りもあるだろうし、わたしの存在はパーシバル様によって常に貶《おとし》められている。

でもラゼットはそうは思えないようだ。

まるで親の仇《かたき》を見たかのような、側にいるわたしまで凍えそうな冷たい瞳をベルドさんに向けている。ここまで怒っているラゼットを見たことがない。

彼の足元の影がぐらぐらと揺らいでいる。無意識のようだ。

(え、これ、まずいのでは)

ラゼットの感情に引きずられるように、怪しく蠢《うごめ》いて広がり始めた影を見て、わたしは咄嗟にラゼットを抱きしめる。

「ラゼット駄目！」

ぎゅうっと抱きしめると、はっとしたようにラゼットがわたしを見下ろした。足元の蠢く影もぴたりと収まった。

「俺を蔑むのはいい……俺はそういう存在だから。けれどルーナを馬鹿《ばか》にされることは許せないんだ……」

まずい。こんなにも昏《くら》い目をしたラゼットは初めて見た。

ここで討滅騎士団団員を全員処分してしまいそうだ。

「何も言わずに出てきてしまったのはラゼットだわ。そのお陰でわたしは命を救われたけれど、討滅騎士団員の皆が心配していたはずよ。なのに見ず知らずの女連れで戻ってきたのだから、誤解もあると思うの」

メルさんが「いや、特に心配は」と言いかけたのを睨んで止めさせる。

駄目よ、余計なことを言わないで。

手にした鎌でベルドさんに止《とど》めを刺しそうなラゼットの顔を、両手で包んでグイッとわたしに向けさせる。

「ね？　最初に誤解を生んだのはラゼットだから。それにわたしはなんとも思ってないよ？」

「ルーナが、そう言うのなら」

にこにこと笑顔を作ってそういえば、やっとラゼットは手にしていた鎌を下ろした。影ででてきた鎌はそのままシュルシュルとラゼットの足元の影に戻っていく。

というか、いま気が付いた。

討滅騎士団の団員。全員怪我を負っている？

ベルドさんもなのだけれど、メルさんもよく見れば片足を引きずっている。

うずくまったままの人もいるし、淡い黄緑がかった髪の方は、木にもたれかかって荒い息を繰り返している。

転移した途端に戦闘中だったし、出会いがしらの冷たい言葉に動揺してしまってよく見ていなかった。治療薬は飲んでいるはずだけれど、それでも治し切れない深手を負っている団員が何人もいる。

凄まじく強いラゼットが戦線離脱してしまったせいで、余計傷を負った団員もいそうだ。

「ええっと、色々誤解があるようなのだけど。まず最初に、皆様の治療をさせてください」

祈ろうとするわたしを、団員が止めた。

「はっ、治療しても高額治療費を吹っ掛けるんだろう。俺達にそんな金はないんです。離れてくれ、いや、ください」

「兄から聞いています。貴女《あなた》は貴族には治療を施しても、その場にいた使用人には見向きもしなかったと。泣いて縋《すが》ったものを、身分が低いという理由で無碍《むげ》にも振り払ったとか。覚えていらっしゃらないでしょうが、無視され見捨てられたものの方はずっと覚えているのですよ」

ラゼットを気にしながらも、団員達は次々に治療を拒否する。

覚えていない？

確かに覚えがない。

けれどそれは、『あまりにも多すぎて』だ。

わたしはいつだって癒したかった。

泣いている人、目の前で倒れた人、家族を助けてと縋ってきた人。

助けられるなら助けたかった。

けれどわたしの側には、いつだってパーシバル様がいた。

貴族至上主義の、平民は人として見なさないあの人が。

聖女の治癒に価値を見出している貴族達への特別感を増すためにも、平民の治療は許されなかった。

隠れて治療したのが知られた時は、激しく頬を殴られた。

治療した平民の名前を問い詰められたが、決して答えなかった。名前などわからないで通しきった。そうしなければ、平民を治療したという事実を消すために、治療された平民を消しそうだったからだ。パーシバル様が平民の命を奪うことを躊躇《ためら》うとは思えない。

けれど、それをここで彼らに説明したところで無意味だろう。

過去のことより、いま目の前の彼らを早く治療しないと後遺症が残りかねない。

「いい加減、つべこべ煩《うるさ》いですよ。文句言う暇があるなら協力してください。全員無料で治し切ってみせます。文句はその後にしてください！」

有無を言わさず、わたしはその場で祈りを捧げる。

「ルーナ、あまり無茶をしないでくれ」

ラゼットが止めてくれたけれど、わたしは思いっきり魔力を解放する。

魔力がわたしの意思のままに動き、周囲の皆を一瞬で癒すのがわかる。やはり声とともに魔力もきちんと元に戻ったようだ。

「あ、え、そんな？　昔からの傷まで治って、え、なにそんなことある？」

「すっげ、なんだこれすっげ！」

周り中から驚きの声があがる。

見るからに重症の団員もいたから、完治は難しいかと思った。けれど結界式で結界を張れなかった分、普段よりも魔力に多少余裕があったようだ。

(もっと時間がかかるかと思ったけれど、今日は大丈夫だったな)

パーシバル様に治療が遅すぎると詰られるほど遅くなっていた治癒魔法だけれど、すぐにみんなを癒せてよかった。

過去の傷まで治ったようだから、後遺症が残るものもいないだろう。

「オレの傷治ってる！　ほんとですかねこれ……治癒術師よりも凄まじいのでは？　あ、オレはダダワです。こっちの黄緑色のやつはカロン」

「ダダワ、私の髪は黄緑色じゃなくこれは枯れ葉色だといつも言っているでしょう。多少は黄緑がかっていますが……それよりも聖女様。治療に感謝します」

「……ヴァーエです。治療して頂いたことに感謝を」

「あぁ、なるほどね。理解した。これは聖女でしかありえない。これに比べたら俺の治癒魔法は子供のお遊びだ」

口々に謝って感謝を述べてくれる団員達の名前は、髪の色ですぐに覚えられた。

金髪のメルさん、橙《だいだい》色の髪をしているのがダダワさん。

枯れ葉色だと言い切るのがカロンさんで、鮮やかな青い髪のヴァーエさんと、治癒魔法が使えるらしい水色の髪がナフェリさんだ。

「あっ」

一気に大量に治療したからか、魔力の使いすぎでくらりと足元が揺らいだ。

「ルーナ。無茶をしないでくれといったそばから」

少し焦ったように言いながらラゼットがわたしを支えてくれて、倒れずに済んだ。

「ちょっと勢いよく魔力を放出しすぎたみたい」

討滅騎士団員達の目に感謝が浮かび始める中、ベルドさんと目が合う。彼はまだわたしに思うことがあるようだ。

「なんでなんだ……俺は、こんなことで騙《だま》されません。俺の村には似たような奴らがたくさんいるんです」

「似たような？」

「お金がなくて治療を受けられなかった人達ですよ。いいですか。確かにあなたは稀有《けう》な力を持っている聖女様かもしれない。けれどこれほどの力があるなら、一瞬で治せる力があるなら、どうして、平等に治してくれなかったんですか」

パーシバル様のせいだと説明しても、意味はない。

わたしがいままで平民の治療をできなかったのは事実だ。

けれどいまはもう、わたしを縛るものは何もない。

それなら、彼の村の人々を治してしまう方がこちらの事情を説明するよりも早い。

ベルドさんがわたしを責めるのは、事情を知りたいのではなくて、苦しむ村の仲間達を助けたいという想《おも》いなのだから。

「そんなに言うなら、貴方の村の人も治療させて。絶対とはいえないけれど、大抵の病や怪我なら治してみせる」

『……断ります。本当にお金がないんです。それに、足の悪い妹に会わせてもし何かあったら……うあっ、何ですか団長、この鎌！」

ベルドさんが青ざめる。

それはそうだろう。

ラゼットが無言で鎌の刃をベルドさんの首元に当てたのだから。

「……ルーナの言う通りにしろ」

低い声で脅すのは、いい加減わたしへの態度の悪さに切れているからだろう。

流石に本当にベルドさんの首をかき切ったりはしないと思うけれど。……しないよね？

ラゼットの昏い瞳を見ていると、ちょっと心配になる。

「わかりましたよ。指示に従いますよ。……首元に鎌の刃を当てることないじゃないですか」

鎌の刃を外された首を、ベルドさんはしきりに撫でる。

「お前がすぐにルーナの言う通りにしていれば問題ない。確か、お前の出身地はヨヘナ村だったな」

「知っているなら、無理に聞こうとしなくてもよかったのでは？」

「事実確認は大切だ。あの村はここからそれほど距離もないが……方角的に魔の森をより一層進むことになるな……ルーナもいるのだし、全員転移させた方がよさそうだ」

鎌をくるりと回し、ラゼットが巨大な転移魔法陣を空中に描く。

「ラゼット、ちょっと待ってほしいの」

いますぐ魔法でみんなをヨヘナ村に飛ばそうとするラゼットに、わたしは待ったをかける。

「何か気になることがあるのか？」

「この森の魔竜はどうなったの？　倒さないといけないのよね？」

放置していたら、魔狼以上に厄介な存在だ。実物を見たことはないが、聖女の教育の一環として有名な魔物については学ばされている。

けれどそうでなかったとしても、魔竜を知らない者の方が少ないだろう。そこにいるだけで他の魔物を呼び寄せ、過去に出現した際にはいくつもの町や村を破壊したとされる凶悪な魔物だ。その魔竜を魔の森付近で見かけたとの情報が国に入ったのだ。

だからこそ、討滅騎士団が出向いた。そのままにはしておけないはずだ。

「魔竜なら、いなかった」

「いない？」

「誤情報だったのか……それらしき魔力もいまは感じられないからね」

わたしも気配を探ってみる。

魔竜ほど巨大な魔物なら、結界を張る要領で気配をたどれるはずだ。魔の森だけあって、大小さまざまな魔物の気配を感じる。

けれどラゼットの言う通り、そんな強大な気配は感じられない。

誤情報だったというのなら、これもパーシバル様の作戦だったのだろうか。

結界式でラゼットがいたら、わたしを拘束することなど不可能だから。

けれどラゼット達王宮討滅騎士団への討伐任務は、国王陛下自らが命じたはず。

陛下は何の裏付けも取らずに動くことはないだろう。

魔竜自体はこの魔の森にいたと考える方が自然だ。

「んったく、魔竜がいないとわかった時点で王都に帰りたかったのに、ついでに魔物の討伐まで命じられたから厄介だったんすよ」

メルさんが肩をすくめる。その手にはいくつかの魔石が握られていた。

「……私達を下に見る割に、高位貴族は魔石だけは欲しがりますからね……」

「魔石は加工すれば宝石ともなりえるし、魔力を込めて魔導石にもできるし、多くあって困ることはないからでしょうね。鉱山もありますが、魔物から回収できれば脅威も潰せて一石二鳥ではあります」

討滅騎士団の皆が口々に不満を口にする。

どうやらパーシバル様の作戦というよりは、もともと魔竜と共に魔石の回収も命じられていたようだ。

(魔竜が移動したとしても、王都の方へ行っていなければいいのだけれど)

転移魔法陣で飛ばされたから近く感じるが、王都から魔の森へは馬で一か月ほどかかる。

空を飛んだことはないからわからないが、馬のそれよりは早く着くはず。

けれど魔の森は、この場所以外にも数か所ある。どれも辺境付近だ。魔の森は瘴気が濃い。

その瘴気に惹《ひ》かれてそちらに向かっていれば、王都に被害はないだろう。

(でも……もしも王都に向かってしまったとしても、わたしにそれを伝える伝手《つて》はないのよね)

なんせパーシバル様のせいで、偽聖女として逃亡していることになっているのだ。

のこのこ王城に出向いたら、その場であらぬ罪を捏造《ねつぞう》されて投獄されかねない。

(王都は特に結界を強く張り巡らせるし、ヴァニスカ様が結界式を行ってくれたのだから、大丈夫よね？)

結界さえしっかりと張られていれば、魔竜であっても防げるのだから。

ほんの少し不安を感じながらも、わたし達は転移魔法陣でベルドさんの故郷へと向かった。

【二章】 結界の薄さと聖地巡礼

ベルドさんの故郷であるヨヘナ村。その近くへ転移する。

村の中に転移することもできたのだが、誰《だれ》かに見られたらとても驚かしてしまうので人気のなさそうな森の中にした。

魔の森と違って普通の森は月明かりが綺麗《きれい》で、空気も澄んでいる。

ここからでもヨヘナ村が見えるが、随分と大きい。レンガ造りの家並みから、村というより街に近そうだ。

わたしが聖女にされる前に住んでいたパポルテ村よりも、栄えて見える。

「相変わらず団長の魔法は桁《けた》違いですね」

落ち着いた黄緑がかった枯れ葉色の髪をかき上げながら、カロンさんがぽそりとそんなことを言う。

ラゼットの魔力は王族なこともあるけれど、幼い頃《ころ》からの努力でとても豊富だ。

パーシバル様には使えない転移魔法をいともたやすく発動する。大勢を同時に転移させることができるのは、王宮魔導師でもきっといないだろう。

ましてや、あらかじめ設置しているわけでもない転移魔法陣をその場で作って目的地へ転移できるのは、この国では片手で数えるほどしかいないはず。

(魔の森の側《そば》には監視用の砦《とりで》に転移魔法陣が設置されていたけれど、各村へは特に設置されていないものね)

ベルドさんには全員治してみせるなんて豪語してしまったけれど、そもそもラゼットがいてくれなかったら、ここに来るのも大変だっただろう。

「任務地を離れたのは大丈夫かな……」

つい勢いでベルドさんの故郷に来てしまったけれど、魔の森への王宮討滅騎士団派遣は王命だ。こんな風に全員で任務を離れてしまったら、罰せられたりしない？

「心配してくれるんすか？　なぁに、どうせ俺達は寄せ集めのどうでもいい騎士団ですよ。魔の森を離れて寄り道してたって誰も気づきません」

へらへらっとメルさんは笑うけれど、それはそれでどうなのか。

「ルーナは心配しなくて大丈夫。俺達が任されたのは魔竜討伐だ。魔の森の魔物殲滅《せんめつ》じゃない。だから、命令違反にはならない」

「そういうものなのね。よかった」

素直に頷《うなず》く。「え、聖女ちゃん素直すぎじゃ」とか「団長に丸め込まれてる」など聞こえてきたけれど、ラゼットが振り向くと皆口をつぐんだ。

「流石《さすが》に、こんな深夜に村に乗り込むと悪目立ちします。近くに洞窟がありますから、そこで野営を提案します」

「そうだな」

ベルドさんはこの村の出身だけあって地理に詳しい。

彼が先頭になりついていくと森の奥に小さな洞窟があり、近くには川も流れていた。

軽く周囲の気配を探ってみると、魔物はもちろんのこと、脅威となる野生動物も近くにはいなさそうだ。

少人数の精鋭部隊だから、この小さな洞窟で十分全員分の寝床になりそうだ。

「野営なんて、ルーナはしたことがないよね」

とても不安げな顔のラゼットがわたしを見る。

『野営はしたことはないけれど、外で寝たことなら何度もあるわよ？　パーシバル様に追い出されていたもの』

「え」

固まってしまった。黒い瞳《ひとみ》がとても動揺している。

でも想定内じゃないのだろうか。

わたしの婚約者はパーシバル様だ。

彼の機嫌が悪ければ、庭に出されることなどしょっちゅうだった。

流石に城の外に追い出されはしなかったけれど、庭の片隅で夜を過ごしたことは一度や二度ではない。

(結界を張れたし、特に不便はなかったのだけれど)

だから野営も平気だと言いたかっただけなのに、側《そば》にいた討滅騎士団の全員がラゼットと同じように固まってしまっていた。

「あ、でも、城の外じゃないわ。部屋の外なだけよ？　庭先だし、全然危険はなかったの」

「……そもそも部屋の外に出すことがありえないだろう……」

ラゼットが余計暗くなってしまった。

そういえば庭先に出されるのはラゼットがいない時だった気がする。特にわたしも誰かに泣きついたりしたことはなかったから、知られていなかったのね。

討滅騎士団の方達も顔を見合わせている。

「聖女様は俺《おれ》の寝袋使ってください」

「温石魔導石もあるっす」

次々に団員さんが差し出してくれるけれど、それはみなさんの分では？

「ルーナは俺と過ごすから。お前達は余計なことはしなくていい……」

諦《あきら》めたようにラゼットに頭をぽんぽんと撫《な》でられ、団員さん達は洞窟の奥に去っていく。

「本当に、大丈夫なのよ？」

「影で寝床を作るから。ルーナはそこで休んでくれ」

ラゼットが自身の影でわたしの寝床を形作る。

影だから真っ黒だけれど、お城で与えられていた自室のベッドよりも豪華な天蓋《てんがい》付きのものができ上がった。

「影ってこんなこともできるのね。寝転がってみてもいい？」

「うん」

ぽふっと腰かけると、手触りがとても柔らかい。

いそいそと横になると、星空が目に飛び込んでくる。

「わ、綺麗！」

天蓋付きのベッドなのに空が見えるとは思わなかった。

（これ、魔法？）

洞窟の中なのに夜空が見えるのはありえない。見上げた天蓋に夜空がうつるのは、ラゼットの影で作り出しているのだろう。

わたしの側に影で椅子《いす》を作り、ラゼットが腰かける。

「ラゼットは一緒に寝ないの？」

言った瞬間、ラゼットが激しく咽《むせ》た。

「大丈夫？」

飛び起きて背中をさすると、困ったように目をそらされた。

「……一緒には、寝ない」

「結界を張るから、寝ずの番はしなくて大丈夫だよ?」

寝ている間も結界を張れるように学んでいる。

毒の影響が抜けたいまなら、いつも通りできるはず。

軽く意識を集中させると、するっと周囲に結界を張り巡らせられた。

「椅子で寝る方が、慣れてるんだ……」

そういうものなのだろうか?

「じゃあもしベッドで眠りたくなったら隣使ってね。わたしはこっち側で眠るから」

ラゼットが眠れるようにベッドの片方によって、わたしは目を閉じる。寝相はとてもよいから、大丈夫だろう。

「……勘弁してくれ」

ぽつりとそんなラゼットの呟きが聞こえた気がしたけれど、わたしの意識はすうっと睡魔にのまれて眠りの中に沈んでいった。

◇◇◇◇◇◇

周囲がぼんやりとかすむ中、いまよりずっと小さなわたしが庭先にいる。

一人でとぼとぼと歩いているのは、いつのことだろう。見た目からすると城に無理やり連れてこられた頃だろうか。

貧しい村の出身だからか、周囲の目が冷たくて、わたしは幼心に酷《ひど》く不安を募らせていたのを覚えている。

（……あぁ、これ、やっぱり城に連れてこられたばかりの頃の夢だわ）

夢だとわかると、少し安心する自分がいる。

聖女として目覚めてしまって、生まれ育った村からゼルガーン王国の王城に連れてこられた。

なにをしても叱《しか》られ、食べ方ひとつとってもマナーがなってないと教師達に眉《まゆ》を顰《ひそ》められた。

聖女はこの国のために祈らねばならないことを陛下から説明され、先代聖女シュアレーン様の指導の下、祈り方を学んで。

けれど文字もまともに読み書きできないわたしには、山のように積まれた教科書も、回りくどい言い方をする貴族の教師達の言葉もうまく理解などできなくて。

さらに、婚約者とされたパーシバル様には、初対面の時から酷く罵《ののし》られたのだ。

『お前なんか、絶対みとめないからな！』

周りの目があったから叩《たた》かれはしなかったものの、憎しみを込めて睨《にら》まれて怖くて辛《つら》くて、わたしは裏庭に逃げたのだ。

とぼとぼと涙をこらえながら歩くわたしは、木陰に誰かいることに気づいた。

夜の闇《やみ》をとかしたような艶《つや》やかな黒髪と、黒曜石のように輝く瞳。真っ白で滑らかな肌と、彫刻のように整った容姿の少年が、鈍色《にびいろ》の空を見上げて涙を零《こぼ》していた。

ラゼットだ。

彼とは、少し前に友達になれたのだ。

確かこの時わたしは、ラゼットもパーシバル様に怒鳴られたのかなと思った。だから、声をかけたのだ。

『大丈夫？　一緒に、泣こう？』

いま思えば、わけのわからないことを言っていたと思う。

でも少年は――ラゼットは、そんなわたしにゆっくりと顔を向けて、首をかしげた。

雲の切れ間から、陽《ひ》の光が零れた。

彼の周囲が、ふわりと輝いたような気がした。

『……ルーナの方が泣きそうだけれど』

『うん。だから、一緒に泣こう？　辛いことがあったら、誰かと一緒にいるのがいいって、お母さんがいってたの』

『君は、本当に俺を怖がらないね……こんな色なのに』

『こんな色？』

『髪も、目も、黒いでしょ……』

よくわからなかった。それがなんだというのだろう。

わたしなんか、茶色い瞳だったのに急に紫の瞳になったのだ。

鏡を覗《のぞ》き込むと、瞳の奥に光の粉まで舞っている。

王宮の人達はそれを神聖なるもの、聖女の証《あかし》と喜ぶけれど、わたしの方がよほど変だ。

『あなたはとても綺麗だと思うの。黒い瞳は宝石みたいだし、髪はさらさらとしていて、陽の光で輝いているのよ？』

わたしはまだ闇属性というものを知らなかった。だから、見たままを答えたのだ。

漆黒の髪は艶やかで陽の光を反射して天使の輪を作っていたし、幼いながらも整った容姿はいままで見た誰よりも美しかった。

『……そんなこと、初めていわれた。誰もが、俺の姿を見ると怯《おび》えるか、嫌うのに……』

『だから泣いていたのね？　綺麗なのにもったいないな』

『本当に、綺麗？』

『うん』

即答するわたしに、泣いていたラゼットが笑みを見せた。

だからわたしも泣きたい気持ちがどこかに消えてなくなって、一緒に泣こうといっていたのに、いつの間にか二人で笑っていたのだ。

晴れた空から降り注ぐ光が、楽し気な二人を照らしてくれる。

わたしが聖女でなく、ラゼットが妾妃《しょうひ》の子でなかったら。どちらかが違っていたなら、きっとわたし達が婚約していただろう。

(ずっとこうやって、二人で笑って過ごせたらよかったのにな)

夢の中の二人は、いつまでもどこまでも幸せそうだ。

わたしはそんな二人を自分の過去のことだというのに、ひどく羨《うらや》ましく思いながら夢から覚めるのを感じていた。


(……?)

洞窟の入り口から差し込む暖かな木漏れ日を感じながら、一瞬自分がどこにいるのかわからなかった。

(あぁ、そうだ。昨日《きのう》はパーシバル様に魔の森に捨てられて、ラゼットに助けられて、それでベルドさんの故郷に来てるんだっけ)

昨日は怒涛《どとう》の一日過ぎて、疲れが溜《た》まっていたらしい。

まだ少しぼうっとする頭を軽く振って、すっきりさせる。

ベッドの側に座っていたはずのラゼットはいない。隣にも寝た形跡がない。

「ラゼット?」

ベッドから降りると、肩にぴょこんと小さな影小人が現れた。

心配しないでとでも言うように、ラゼットに似た影は片手をあげてわたしの頬《ほお》をポンポンとしてくる。

(待っていればいいかな? 団員さん達はまだ寝ているよね?)

陽の高さから、大体の時間がわかる。いつもの癖でかなり早く目が覚めてしまったらしい。

なにをしよう? 朝食の材料でも捕まえてこようかな。

団員さん達が何時に起きるのかわからないけれど、朝ご飯は食べるだろう。

わたしはいそいそと川に向かって歩き出した。

◇◇◇◇◇

「ルーナ?」

洞窟の周辺と、ヨヘナ村の安全を確認をしてから洞窟に戻ってくると、ルーナの姿がない。

俺が起きた時にはぐっすりと眠っていたから安心していたのに。

(……どこへ?)

彼女には俺の影小人を付けている。なにかあればすぐにわかるはず。

なにも感じないということは、彼女にいまは危険が迫っていないはずだ。

けれど彼女の姿が見えない不安感に、俺は俯《うつむ》きたくなる。

影小人の視界を借りてルーナを視《み》たい衝動にかられ、ぐっと自分を抑える。

〈駄目だ駄目だ。いくらルーナが気にしないと言ってくれたからって、覗き見なんかするもんじゃない〉

影小人は彼女に万が一危険が迫った時にわかるためのもので、決して彼女を監視する目的で作ったのではない。

それでも気持ちが落ち着かないのは、ルーナが俺にとっての唯一だからだ。

彼女になにかあったらと思うと、居ても立ってても居られない。

もしもまた魔狼《まろう》が現れたら？

〈ここは村の側だ。魔の森じゃない。結界が張られた場所で魔物が現れるはずがないだろう〉

愛らしい彼女が、不埒《ふらち》な思いを抱くものに攫《さら》われたら？

〈攫われる前に俺が必ず気づくし、攫った相手は原形をとどめないまでに切り刻んでやる〉

……俺を置いて、どこかへ消えてしまったら？

〈どうしていいか、わからない……〉

出会った時から、ずっと彼女が好きだった。

彼女だけが、俺のことを恐れない。

誰もが蔑《さげす》み、見下し、漆黒の色を嫌う。

けれどルーナは、初めて出会った時から俺の色を厭《いと》わなかった。

それだけでも俺が彼女を好きになるには十分だったのに、初めて会った時の彼女は俺を心配し、自分だって辛い思いをしていたのに心を尽くしてくれた。

初めて、人を好きになった。

彼女を守りたくて、強くなりたくて騎士を目指した。

魔力を高め、誰にも負けない膨大な力を欲した。

努力は実を結び、俺は、王族としても破格の魔力と、団長を務められるだけの剣の腕を手に入れた。

けれどルーナだけは手に入らない。聖女であるルーナは、パーシバルの婚約者にされたからだ。

正妃の子だというだけで、ルーナと婚約しているパーシバルが憎かった。

せめて彼女を大事にしてくれたらよかったのに、あいつはルーナを虐げてばかりだった。

裏表のある性格のヴァニスカを正妃は疎んでいて、だからこそ、聖女であるルーナをパーシバルの婚約者に据えたことは知っている。けれどそれなら、もう少しパーシバルに婚約者らしい振る舞いを指導してほしかった。

(言い聞かせても、聞かなかったんだろうけどな……)

パーシバルがルーナに暴力を振るい、貴族達に恩を売るためにルーナに治療させていたのも、陰に隠れて行っていたことだ。表向きは、多少取り繕っていたから。

ルーナのエスコートを常に俺に押し付けていたのも、対外的には『蔑まれる弟にも堂々とパーティーに参加する権利を与えてやる』ためだったし。

パーシバルにルーナが婚約破棄を突きつけられたその時。もしも側にいられたなら、俺はパーシバルを切り刻んでいたことだろう。

罪人として裁かれようとも関係ない。

名ばかりの王子の地位なんて俺にとってなんの意味もなかった。

ルーナの手を取り、どこまでも二人でこの国から逃げ出したかった。

（でも……俺は、ルーナを助けてやれなかった……）

魔狼からは助けることができても、心が弱い俺は、パーシバルからルーナを守れなかった。

今回のことだけじゃない。彼女には内緒で、ずっと影小人は付けてあった。

昔は俺の魔力と操作能力がいまよりも劣っていたから、ルーナの影の中に俺の影小人を忍ばせておくだけで、いまのようにルーナの目にも見えるように動かせるようになったのは最近になってからだけれど。

ずっとずっと、彼女だけを見てきて、生きてきた。

彼女に捨てられたら、俺は、もう、この世に存在していたくない。

ルーナだけが俺のすべてだから。

（せめて、居場所だけは、感じ取っても許されるだろう……？）

覗き見じゃない。

そんな言い訳を自分自身にして、俺は影小人の居場所を、ルーナのいる気配を探し出した。

◇◇◇◇◇

「……ルーナ」

ラゼットがどこかぐったりとした表情で迎えに来た。

どうしたのだろう？

「おはよー！　とっても沢山魚が取れたわ」

わたしの足元には、びちびちと元気に跳ねる魚がいっぱいいる。

結界を部分的に作って、そこに水を溜めたのだ。

「……どうやって捕まえたの」

「ほら、わたしは結界が使えるでしょう？　だから、魚がいる場所を結界で囲って、魚だけを閉じ込めればすぐなのよ」

ざぶざぶと川から上がって、まくってあった法衣《ほうえ》の裾《すそ》を下ろす。

こういった結界の使い方をしたのは初めてだけれど、上手《うま》くいってよかった。

釣り竿《ざお》と餌《えさ》があれば釣ることもできたのだけれど、残念ながらそんな道具は見当たらなかった。小枝だけなら拾えたけれど、紐《ひも》と餌がなければ釣りは無理だ。

「ルーナはたくましいな。環境適応能力が高すぎる」

「そうかな？　弱い方がよかった？」

ちょっと唖然《あぜん》とされているけれど、わたしは元々平民だ。

自分のことは自分でやるのが当たり前だったし、その日の食事は川で釣った魚か森の恵みかどちらかだった。

「いや。強くいてくれてほっとする……」

「よかった。そろそろみんな起きる頃だよね？　ラゼットは火魔法って使えるかな」

わたしは治癒魔法と結界と浄化は使えても、火は熾《おこ》せない。

そのままでも食べる方法はあるけれど、魚は焼いて食べた方が絶対おいしいと思う。

「大抵の魔法は使えるね」

「そうしたら、この魚をみんなのところまで一緒に運んでもらえる？　洞窟の側で焼き魚作っちゃいたい」

できれば塩も欲しいところだけれど、流石に誰も塩は持ち歩いていないよね？

思ったよりもいっぱい魚が取れたから、一人で持ち上げるには結構な重さなのだ。結界を中で二つに分ければ、二人で持ち運べると思う。

「それぐらい構わない」

ラゼットがわたしが二つに分けるよりも早く、ひょいっと魚の詰まった結界を持ち上げた。

「えっ、重くないかなそれ？」

「軽いぐらいだと思うけれど……」

首をかしげるラゼットは、本当に重さを感じていないようだ。

見た目は華奢《きゃしゃ》なのに、そこは王宮討滅騎士団団長。体力がしっかりとあるらしい。

ラゼットの好意に甘えて、洞窟まで戻る。周囲に張り巡らせておいた結界も揺らぎがないのを確認して、わたしはいそいそと朝食の準備を始める。

「うっわ、いい匂いがする！」

ラゼットが用意してくれた枯れ枝に火をつけて、じっくりと魚を焼いていると、メルさんが起き出してきた。

「おはようございます。どんどん焼いていきますから、みんなで食べてくださいね」

「え、聖女ちゃん？　君が焼いてるの？」

メルさんの琥珀《こはく》色の瞳が真ん丸に見開かれている。

ラゼットも唖然としていたけれど、そんなに驚くことなのかな。

貴族はそういえば自分で魚は焼かないし、ましてやこんな風に串刺しにして丸ごとなんてみないかもしれない。

森で拾った枝を川で洗って、串の代わりにしているから、余計見たことがないのかも。

「内臓を処理して串に刺して焼いているだけだから、簡単なんですよ。できればお塩があればよかったんですけれど」

「塩！　それなら俺達のがあるよ。野営があるのに調味料持ってないなんてないからさ」

メルさんが、るんるんと荷物の中から調味料を持ってきてくれる。

「使い切っちゃってもいいよ。村に行けば補充できるしね」

「ありがとうございます」

ぱらぱらと焼いている魚に塩を振りかけると、きゅるるるっとお腹《なか》がなってしまった。

「ルーナ。まさか食事も与えられていなかった……？」

「あ、違うの。昨日の夜はそれどころじゃなくて、食べられなかっただけ」

ラゼットの瞳がまた昏《くら》くなってしまったから、慌てて否定する。

食事は一応出されたのだ。

けれど偽《にせ》聖女の汚名を着せられたことで気持ちが落ち込んでいたから、食べる気になれなかっただけで。

でもいま思えば食べなくてよかったと思う。

紅茶に毒を仕込ませていたぐらいなのだ。

あの食事にだって何か入れられていたかもしれない。見張りが部屋の外に二人いたけれど、わたしが勝手に服毒自殺したぐらいのことはパーシバル様なら言いかねないし。

「いっぱい、ちゃんと食べてくれ」

ラゼットはまだちょっと心配気味だけれど、大丈夫。魚は本当にいっぱい取れたしね。

「聖女ちゃんこれ美味《おい》しいわ。野営中は干し肉とかばっかりでさぁ。いやー、助かるわ」

「聖女様ってもっと気取ってると思っていましたよ。こんな庶民の料理をご存じだなんて」

「魔ハーブですよねこれ？　魚に巻くと美味しいんですね」

口々に美味しいと言いながら食べてもらえて、魚を取ってよかったなぁと思う。

あと魔ハーブ。森の中だからあるかなとは思ったんだけれど、ちょっと探してみたら昔お母さんと食べた魔ハーブが生えていたから使ってみた。魚の臭みが消えて、いい匂いがするから好きだ。

「そういえば、ラゼットはさっきどこに行っていたの？」

「ヨヘナ村を少し調べていた。王都からは離れているけれど、一応な……」

あ、そうか。

わたしは偽聖女として探されているはずだから、捜索隊に見つかる可能性もあるよね。

「気を使わせてごめんなさい」

「いや、俺が確認したかっただけだから」

追われているのはわたしなんだから、もっとわたし自身が気を付けなければいけないのに。

（とりあえず髪を切ってしまおうかな）

染粉があれば髪の色を変えることもできるけれど、手元にはない。

それなら、長く伸ばしている髪をバッサリ切ってしまえば、捜索隊が探すわたしの容姿とずれが出て見つかりづらくならないだろうか。

最初に探されるのは魔の森だろうけれど、そこで見つからなければ、他《ほか》の地域だって探されるはず。

「ルーナ？　じっと髪を見てどうした」

「あー……切ってしまおうかなって」

「突然なにを!?」

がたっと音を立ててラゼットが立ち上がる。そんなに驚くことかな？

「ほら、この銀髪って平民の中にいると珍しいでしょ。変に目立っちゃうかなって」

「綺麗な髪だから、切らないでくれ」

ラゼットがわたしの肩を掴《つか》んで止める。とても真剣な目をしているから、戸惑ってしまう。

「でも、こんなに長い銀髪だと邪魔になるし……もう貴族でもないから、いらないかなって」

言った瞬間、ラゼットがこの世の終わりのような顔をした。

え、なんで？

「ルーナは、貴族に未練はないのか……？」

「ないよ？　もともと、わたしは平民だもの。王都にいること自体が場違いだなっていつも思っていたし」

村にいた頃は、髪は肩で切りそろえていた。あんまり長いと畑作業で邪魔になったし、洗った後も乾きづらかったからだ。

王都に連れてこられた直後は、髪の短さも蔑まれて、伸ばすことを強要されたけれど、婚約破棄されて追い出されたのだ。もう髪を伸ばす必要はないと思う。

「……だ……離れるとか……絶対に……」

ラゼットが、何か呟いたのだけれど、よく聞き取れない。

「ラゼット？　どうしたの？」

「絶対に駄目だ！　ルーナの髪は長いままでいてくれ！」

肩に置かれた手に力が籠《こも》る。

討滅騎士団の皆も、唖然としてラゼットを見ている。

いまにも泣き出しそうな顔をしているラゼットに、わたしは戸惑いながらも頷いた。

「う、うん。そんなに嫌なら切らないよ？」

「そうか……」

ほっとした顔でわたしの髪を一房掴み、するりと流す。

そんなに髪を切られるのは嫌だったのだろうか。伸ばそうと思えばすぐに伸びるし、治癒能力と髪の長さは関係ないのに。

聖女として王都に連れてこられて、貴族女性として扱われるために伸ばすようにさせられただけだ。

(聖女としての見栄えのためだけに手入れをされていたから、艶やかだけれどね)

だからあまり、自分の髪の長さに執着はない。けれどラゼットがこんなにも嫌がるなら、切るという選択肢はなくなった。

(目の色も珍しいから、もう諦めるしかないかな)

瞳の奥の光の粒は、じっと瞳を覗き込まれない限りわからない。

けれどこのゼルガーン王国では紫の瞳は珍しい。

それに法衣を着ているのだから、髪を切ったぐらいではごまかすことは難しいだろう。

「聖女ちゃん。髪が気になるなら、俺が結んであげましょうか」

「メルさんが結わけるんですか?」

「妹がいるんでね。隊長、そんくらいはいいっすよね?」

「……結わくぐらいなら」

少しだけ不機嫌そうなラゼットに肩をすくめ、メルさんが器用にわたしの髪を編んでまとめてくれた。

色は変わらないけれど、そのまま下ろしているよりは人目を引かない気がする。

「ありがとうございます。すっきりしました」

「これぐらいならいつでもやるんで言ってくださいね。聖女ちゃんのおかげで俺の古傷すっかり治っちまったんで」

メルさんは腕を怪我《けが》していたのか、ぶんぶんと片腕を振ってわたしに見せてくれる。

少し離れたところで見ているベルドさんは、なんともいえない表情をしていた。

(やっぱり、まだ不信感があるのかな)

彼の中でわたしは高額治療費をぼったくる酷い聖女だ。

わたしの手元には一切お金が入ってきたことはないのだけれど。

みんな食べ終わったら、早めに村に行った方がいいのかもしれない。

わたしは食べかけだった串魚を急いで平らげた。

◇◇◇◇◇

ヨヘナ村は比較的大きな村なんだと思う。

舗装された道は王都ほどではないけれど、近隣の村よりも整っているのではないだろうか。

遠くに牧場が見えた。風に乗って響く羊の鳴き声に癒される。

村の中央には大きな建物がある。他の家よりも高さのある造りからして教会だろう。

わたし達が村に入った瞬間、村がざわりとした空気に包まれた。

みな、恐れるように道を開けるし、チラチラとこちらを見ている。皆が騎士団の制服で、わたしが聖女の法衣なせいだろうか。

首をかしげていると、ベルドさんに声をかける人がいた。

「ベルド！　あんたちょっとこっちに来な！」

エプロン姿のおばさまは必死の形相でベルドさんを引っ張っていく。

「ムカイの叔母さんお久しぶりです」

「お久しぶりじゃないよ！　なんだって魔物みたいなのと一緒にいるのさ」

「魔物？」

「そうだよ。真っ黒で気味悪いったら。闇属性だろう？　王宮の騎士団にそんなのがいるなんてあたしは聞いてなかったよ」

ムカイと呼ばれたおばさまは、たぶん声を潜めているつもりなのだろう。ベルドさんだけを引っ張ってわたし達から離れたのだから。こそこそ話しているつもりで、けれど声が大きすぎて全部こちらに聞こえてしまっている。

ラゼットを振り返ると、真っ青《まさお》な顔して俯いている。

いつも一緒にいるから気にならないけれど、ラゼットの黒髪と黒い瞳を初めて見るヨヘナ村の人達には、忌むべき色に見えるようだ。

（影に潜ってしまうかな？）

ラゼットは辛いことがあると自身の影に潜って過ごす。その方が心ない噂《うわさ》も聞こえなくなっていいのかもしれない。

「……俺は、魔物では、ないよ……」

人目を気にして俯き気味に、それでもラゼットがそう口にする。

影に潜ろうとせずに、ムカイと呼ばれたおばさまを震える瞳で見つめる。

珍しい、と思った。そして同時に、ムカイのおばさまに怒りも湧《わ》いてくる。

「あのっ、全部聞こえていますっ！　いきなり人を魔物呼ばわりするって、何なんですか」

ラゼットの手を握り、わたしはムカイのおばさまに言い返す。

色合いはともかく、どう見てもラゼットは人間なのに。

「あ、いや、あたしはねっ、ほら、このベルドのことは子供の頃から知っているし、それに、そっちの人はこう、異常な美しさじゃないか。だから、つい、心配になって…………」

おばさまは本当に聞こえないように言っていたつもりらしく、目に見えておろおろとしだした。言い訳にもならないことを口にしているが、失礼だ。

ラゼットは少しも悪くないのに。

「ムカイの叔母さん。彼は、わたしが所属する騎士団の団長です。魔物ではありませんよ」

「あ、あぁ、もちろんだよ、その、すまないねぇ」

ぺこりと、ラゼットに頭を下げた。

まだちょっともやもやするけれども、ムカイのおばさまは本当にベルドさんを心配しているだけのようだ。騒ぎに聞き耳を立てて立ち止まっている村人達もいるし、これ以上責めるのはかえってラゼットの悪評になってしまうだろう。

(数日はこの村に滞在するし、悪印象を与えるのはよくないよね？　でも、みんな本当にラゼットを怖がっているし……)

周囲の目線は蔑むというよりも、恐れているように感じる。

ムカイのおばさまのように口にしなくとも、同じように思っているのがわかってしまう。

(……そうだ)

わたしは、まだちょっとおっかなびっくりになっているムカイのおばさまに歩み寄る。

「わかって頂ければいいんですよ。それより、どこかお辛いところはありませんか？」

強引におばさまに詰め寄って、尋ねてみる。

「辛いところっていきなり言われても……」

おばさまは困惑顔でちょっと後ずさる。

そうよね。いきなりこんなことを言われても困るとは思う。

けれど物のついでだから、ちょっとした体調不良でも治させて頂こう。

「遠慮なさらず、手を貸してくださいな」

長年の聖女生活で身に着けた優し気な笑みを顔に張り付けて、わたしはおばさまの手を取る。

そこからさっとわたしの魔力を流し込むと、全体的な疲れと、あとは強い腰痛があるのがわかった。

ムカイのおばさまの腰に手をかざすと、軽く光らせて治療する。

本当は光らせる必要なんてないのだけれど、こうしたほうが治療されたのが目に見えてわかってほっとする人が多いのだ。

(折れていたり、出血している場合は必要ないのだけれどね)

見た目でわかる治療はともかく、そうでない場合はわかりやすくしてあげるほうが安心感が出る。これも長年の聖女活動でわかったことだ。

「あら？　あらあら!?　痛みが消えたわ。どうなっているの」

「治癒術師なので治療させて頂きました。もちろん、無償です。ベルドさんの大切な故郷ですから。わたし達は全員魔物なんかではありません。ベルドさんの故郷の側まで魔物の討伐に来ていたので、立ち寄らせて頂いただけなんです」

聖女だなどとは名乗らない。治癒術師だと言えば疑われないだろう。

法衣をまとっているが、この姿を知っているのは主に結界式に参加している貴族と、結界巡礼で立ち寄る町や村の人々だ。ヨヘナ村にはいないはず。

わたし以外のみんなは王宮討滅騎士団の制服を着ている。だから討伐帰りに立ち寄ったというのは、嘘《うそ》ではないし、騎士団と共に治癒術師が同行していてもなんらおかしなことはない。

「ベルド！　あんたやるじゃない。流石王宮勤めだよねぇ。王都までは遠いし、治療には法外な値段がかかるって聞いていたけれど、ただでこんなにすっきりと治してもらえるだなんてねぇ。これはみんなに知らせなくちゃ」

「あ、待ってください！　今回はベルドさんの故郷だから特別になんです、なのであんまり噂が立ってしまうと……」

王都にまで噂が届いてしまったら危険だ。

「あぁ、そうなんだねぇ。そう言われてみればそうだね。聖女様の治療が最高額だっていうけれど、治癒術師様だって高額なことにかわりゃしないからね。噂になって押し寄せられたらそりゃ困るだろうよ。わかった、症状の重い病人達を中心に、こっそり伝えてみるよ」

「ご協力に感謝します」

深く頭を下げると、ムカイのおばさまは人のよい笑みを浮かべて去っていく。

「それでは、ベルドさんの家に案内して頂けますか？」

なぜか唖然として見ていたベルドさんを促す。

「あ、あぁ……」

「どうかされましたか？」

「いや、その……私の家はこちらです」

挙動不審なベルドさんに案内されて、皆でベルドさんの家に向かう。

ベルドさんの家は村の外れで、くすんだ赤いレンガ屋根の小さな家だった。

お兄様も騎士になっているということだったけれど、裕福な家庭というわけではないらしい。

「俺は、外で待つよ」

ラゼットはそういって、わたしの肩にいる影小人を見て頷く。

一緒にいたいけれど、さっきのムカイのおばさまのこともあるし、ラゼットが傷つけられる可能性もあるのだから、待っていてもらうのが正解なのだろう。

討滅騎士団全員で入るとご家族に気を使わせてしまうので、中へはわたしとベルドさんだけが入ることにした。

「おにーちゃん、お帰りなさい！　……お客様？」

家の奥から、杖《つえ》を突いた女性がゆっくりと歩いてくる。

ベルドさんによく似た顔立ちの、素朴な茶色い瞳が可愛《かわい》らしい人だ。わたしと同い年ぐらいだろうか。この人が足の悪い妹さんで間違いないだろう。

「ベルドったら、帰るなら帰るで連絡ちょうだい。そちらの貴女《あなた》は騎士団の方かしら。ごめんなさいね、なにも連絡がなかったものだからこんな格好で」

妹さんのあとから出てきた女性はお母様だろうか。少し笑顔が困り顔なのは、急な訪問だったためだろう。やはり茶色い瞳がベルドさんによく似ている。

「こちらこそ、いきなりお邪魔して申し訳ありません。わたしは治癒術師をしておりまして、妹さんの足を治せないかと思いお邪魔させて頂きました」

「えっ。リトアの？」

名前を出された妹のリトアさんは、思わず杖を落としかけた。

ベルドさんがすぐに抱き止めて支えてあげる。

（右足が上手く動かないのかな。部位欠損だったら難しかったけれど、きちんと足があるなら治せるはず）

部位欠損だと治すまでに時間がかかってしまうし、膨大な魔力を使う。けれど上手く足が動かせないだけなら、それほど困難ではない。

「リトア。もしも痛かったりしたらすぐに言ってくれ」

椅子にリトアさんを座らせて、ベルドさんは場所をわたしに譲る。

リトアさんは不安そうにわたしを見つめた。

「大丈夫ですよ。痛みはしませんし、必ず治りますからね」

手を取り握り、片手を右足にそえる。

「足の様子を直接診てもよいでしょうか」

「はい……」

自分でリトアさんがスカートを引き上げてくれる。

あらわになった右足には、深く大きな傷跡が残っていた。

膝《ひざ》の裏から脹脛《ふくらはぎ》を一気に切り裂いたかのような傷は、魔物の仕業だろうか。盛り上がった傷跡は引きつれて痛々しい。

(随分と昔の怪我なのね？　でも古傷ならすこし多く魔力を使えば問題ないわ)

跪《ひざまず》いて祈りながら、リトアさんの足にそえた手をふわっと光らせて治癒を施すと、確かに治せる手ごたえを感じる。盛り上がっていた傷が薄れ、滑らかになり、正常な皮膚と変わりない見た目に変わっていく。

頭の上で息をのむ気配を感じた。

「ゆっくりと、動かしてみて頂けますか？」

わたしの言葉に頷いて、リトアさんが右足を恐る恐る動かす。

いままで膝下から動かなくなっていたであろう右足は、ゆっくりと、けれどリトアさんの意思で確実に動いている。

「お、お母さん、お兄ちゃん、あたしの足が動いてるっ」

「リトア、リトアっ！」

お母様がリトアさんを泣きながら抱きしめた。

ずっと動かせなかったなら、普通に歩けるようになるまでには少し時間がいるとは思う。けれど歩く感覚を取り戻せば、もう普通に生活できるようになるだろう。

嬉《うれ》し泣きする二人に、治せて本当によかったと思う。

「あの……」

ベルドさんが恐る恐るわたしに声をかける。

「治療費なら、頂きませんよ？」

「あ、いえ、そうではなく！　偽聖女ではなかったのですか？」

こそっと、ベルドさんはわたしをお母様とリトアさんから引き離し、わたしにだけ聞こえるように尋ねてくる。

偽聖女というのは結界式でパーシバル様に突きつけられただけで、まだ広まっていない話ではないのだろうか。

「どこでそんな話を？」

「パーシバル殿下がおっしゃっていたんです……いまの聖女は偽物だと」

あぁ、なるほど……。

パーシバル様はわたしのことを陰では偽聖女だと言いふらしてもいたのね？

たぶん結界式の少し前あたりからだろう。

それよりも前は、彼の懇意の貴族に治療をさせられていたのだから、わたしが聖女でなければ価値が下がってしまう。

けれどトライトレ様とラゼットのおかげで貴族への無理な治療は激減した。

わたしを偽聖女として貶《おとし》めても、パーシバル様にとっては少しも困らない状況になっていたのだろう。国としてはどうかと思うけれど、彼にそういった判断を求めるのは無駄だ。

「わたしは、自分で聖女を名乗ったことはないのです。ただ、そうなってしまっただけで」

「でも、高い治療費を奪って贅沢《ぜいたく》をしていたのは確かですよね……？」

困惑してるベルドさんに、わたしは首を横に振る。

「お金を受け取ったことはいまも昔もないです。少なくとも、わたしがもらったものは何もないんです」

「ベルド。それ以上ルーナを否定するなら、俺が相手になる。ルーナは、聖女だ」

いつの間にか側にいたラゼットが、わたしの肩に手を添えベルドさんを威圧する。

「聖女様だったの……？」

「リトア、聞いていたのか？」

「お兄ちゃん、わたしの足もう動かせるんだよ？　お医者様にも治癒術師様にも二度と動かせないって言われていたのに！　彼女は聖女様だよ。なんで疑っているの？」

「いや、その……贅沢三昧《ざんまい》をしていたって噂が……」

「贅沢をしていらしたなら、どうしてこんなに小さくていらっしゃるの？　王都の聖女様ならわたしと同じ十六歳のはずだわ。子供の頃聖女様が現れたって話題になったから、同い年だってよく覚えているの。でも、聖女様はずっと小さく見えるし、宝石の一つもつけていらっしゃらないじゃない！」

リトアさんに言われて、ベルドさんがまじまじとわたしを見つめる。

確かに、わたしは同い年の子に比べて小さいかもしれない。

もともと困窮した村で生まれ育っていたから発育が悪かったし、王都に来てからも仕事が上手くできなければ食事を抜かれるのは日常茶飯事だったから、あまり背も伸びていない。

宝石も一度も手にしたことはない。

結界式で使う杖には宝飾がされていたから、身を飾るわけではないなら触れたことはあるのだけれど。個人的な宝飾品など一つだって持ってはいない。

「妹を治して頂いて、いや、それよりも前に、魔の森で私を治療してくれたのに、酷い疑いをかけて申し訳ありませんでした！」

がばっとベルドさんが頭を下げる。

信頼するお兄様や、王族という強い力を持ったパーシバル様から悪い噂を聞かされていたなら、会ったこともないわたしを疑うのも仕方ないと思う。

それに、いままで平民を治療できなかったのは事実だし。

「顔を上げてください。疑いが晴れたみたいですし、もし他にも治療が必要な方がいらっしゃったら、会わせて頂けますか？　この村には治療を受けられなかった方がまだ多くいるのですよね？」

思ったていたよりも大きな村だったけれど、王都のように裕福かといわれれば、それはないだろう。治癒術師の治療も高額だと言っていたし、わたしがいる間にできるだけ治療を施してあげたい。

「わかりました、すぐに確認してきます。それと、今夜は村の宿屋に泊まれるように手配してきます」

深く礼をして、ベルドさんは走り去っていく。

「お兄ちゃんがごめんなさい。聖女様は、ううん、治癒術師様はわたしの恩人です。本当にありがとうございます」

リトアさんは察しのいい人なのだろう。

もう聖女だと知られてしまったのに、治癒術師として扱ってくれている。

これから治療する方々にも治癒術師として接するつもりだから、聖女だと言わないでもらえることはありがたい。

「よかったな……」

ラゼットがわたしの頭をぽんぽんと撫でてくれる。

「嬉しいけれど、ラゼットはあんまりみんなを脅しちゃだめだよ?」

「つい……」

「うん、わかってる」

わたしが否定されたから、家の中に入ってきてくれたのだ。

「あっ、団長さんですよね？　お兄ちゃんから聞いています。いつもお兄ちゃんを守ってくださり、ありがとうございます」

「いや、その、うん……」

真正面からお礼を言われたことのないラゼットは、困惑気味に頷く。

ベルドさんから聞いていたのか、黒髪にも黒い瞳にも思うところはなにもないようだ。

一生動くはずのなかった足が動いたことで、それどころではないのかもしれないけれど。

そうこうしていると、ベルドさんが息を切らせて戻ってきた。

やけに焦っているようだ。

「せ、じょ、じゃなくて、ルッ、ナ様、い、いそいで」

「落ち着いてください、なにかありましたか」

たぶん『聖女ではなくてルーナ様、急いで来てください』と言いたいのだと思う。

けれど大粒の汗を流しながら息切れしているベルドさんは、次の言葉が出てこない。

そっと気づかれない程度に治癒魔法をかけて落ち着いてもらう。故意に光らせなければ、治癒魔法は見えないから。

「子供達が崩れた木材の下敷きに！　意識がない子がいるんですっ」

ひゅっと息をのむ。

「どこですか！　案内してくださいっ」

驚いている場合じゃない、急がなきゃ。

ラゼットと二人、ベルドさんについて走って家を飛び出る。

家の外にいたはずの騎士団の面々はいない。先に現地に行ったのか、別の所にいるのか。

村中がざわついているし、何人も走っている人がいるのはやはり大きな事故なのか。

わたしの治癒魔法で疲労も回復しているベルドさんの走りは早い。

必死にわたしも走っているのだけれど、どうしても遅れてくる。チラチラと後ろを振り返るベルドさんに申し訳なくなるけれど、わたしも精一杯走っているしこれ以上は無理。

「ルーナ、ちょっとごめん」

「えっ、わっ」

ひょいっとラゼットがわたしを抱きかかえた。

お姫様抱っこではなく、ぐいっと肩に上半身を乗せられる。

「ルーナが走るより俺が抱きかかえて走るほうが早いから。首にしっかり掴まっていて」

「わかった！」

首に抱き着くようにしがみつく。

わたしを抱きかかえているというのに、確かにラゼットが走った方が早かった。

たどり着いたのは作業場だった。

森の木々を伐採して木材に加工しているようだ。綺麗に積み重ねられた材木の一部が折り重なるように崩れている。

周囲に集まっているのは作業員と、騒ぎを聞きつけた村人達だろうか。

けれど子供が見当たらない。

「怪我をした子供は!?」

「何人かは作業場へ運び込んだ。あと一人、材木の間にいるんだ！　いつ崩れるかわからなくて動かせない」

ラゼットがわたしを下ろし、即座に影魔法を行使する。

ぶわりとラゼットの足元の影が広がって、材木を包み込んだ。

周囲の村人達が悲鳴にも似た声を漏らすけれど、いまはそれを気にしている場合じゃない。

わたしも魔力で子供を探す。材木の中を集中して探ると、いた。

崩れた材木の中に、確かに子供の気配がある。けれど、動いている感じはない。

(生きているよね？　うん、それは間違いない。酷い出血もなさそう。でも、とても狭い空間にいる?)

ちょうど崩れた材木がうまい具合に重なり合って空洞を作り、その中に閉じ込められたようだ。

けれどこれだと、確かに下手に材木を動かすと崩れて子供が下敷きになってしまう。

子供に動く気配がないのは、おそらくショックで気を失っているんだと思う。

でもこの状態で目を覚まして起き上がったら、危険だ。

「ルーナ。俺が材木をすべてどかす」

「わかった。子供は任せて。守り切ってみせるから！」

ラゼットに力強く頷く。

わたしは閉じ込められた子供の周囲に強固な局所結界を張り巡らせる。万が一にも子供を材木の下敷きになんてさせない。

わたしが結界を張ると、ラゼットが材木を覆う自身の影を動かした。

「うわっ、なんだあれ！」

「化け物かっ」

黒い影に覆われて浮かび上がる材木は、村人達にとって悍《おぞ》ましいなにかに見えるようだ。

その声にラゼットは辛そうに耐えながら、木材をすべて別の位置にどかした。

崩れることなく綺麗に木材が移動されたあとには、予想通り気を失った子供が倒れていた。

「ジエカ！」

母親と思《おぼ》しき人が駆け寄って抱きかかえようとしたので、結界を解く。

ぐったりとした子供は目を覚まさない。

「診せてください」

「何よあんた！」

「治癒術師です。お子様の怪我を診せて頂けませんか」

「治癒術師って、あんた隣の闇属性の仲間だろう！　そんな人に大事な子供を診せるわけには行かないよっ」

ぎゅっと抱きしめて、わたし達を怯えと警戒の交じった瞳で見つめてくる。

いまラゼットが木材をどかしたのを見ていたはずなのに、こんな言い方あんまりだ。

けれどわたしが言い返す前に、リトアさんの声が響いた。

「マーゴットさん、その人は本当に治癒術師です。お兄ちゃんの里帰りに一緒についてきてくれたの！」

子供の母親はマーゴットさんというのか。困惑気味の彼女はリトアさんの足を見て目を見開いた。

「リトア、あんた、その足……」

杖はついたままだけれど、リトアさんの動かなかった足が動いているのがわかったようだ。

「ええ、まだ自由に動かすのは難しいけれど、彼女に治療して頂いたの。近い将来、わたしは自分の足で歩けるようになるわ。だから、ジェカちゃんを早く診て頂いて」

「わ、わかった。頼めるかい？」

マーゴットさんは恐る恐るわたしに促す。

頷いて、わたしはマーゴットさんに抱きかかえられたジェカちゃんの手を握る。

(身体《からだ》を強く打っているかな。高い所から落ちた？　頭部に炎症を感じるわ)

ジェカちゃんの身体を包むように治癒を施して、外傷はないけれど強い炎症を感じる頭部を重点的に癒していく。

炎症が収まると、腕の中でジェカちゃんが身じろぎする。

「…………ママ……？」

「ジェカっ、あぁっ、よかった！」

うっすらと目をあけたジェカちゃんを、マーゴットさんが抱きしめる。

少し時間がかかってしまったけれど、癒せたことにほっとする。

「木材は崩れないようにあまり積み上げないで避《よ》けておく」

ラゼットが適当に避けた木材を、作業員に確認する。

けれど作業員はじりじりとラゼットから距離を取った。


——助けてくれた人達に……

——でも闇属性よね。

——見たかい？　影が広がって恐ろしい……


人だかりの中から、そんな声が聞こえてくる。

ラゼットがまた、俯いてしまった。

もうっ、何で見た目だけで否定してくるのか。

「ラゼットありがとう！　貴方が木材をどかしてくれなかったら、子供は絶対に助けられなかったわ。わたしじゃ、移動できなかったもの」

大きな声で、みんなに聞こえるように言う。

「あ、いや、でも……」

「ラゼットのおかげよ。そうでしょう？　でも、崩れた木材はなんで崩れたのかしら？」

わたしは後ずさっていた作業員を見る。

崩れた木材の周囲に縄がないのだ。

つまり、崩れるほど積み上げていたにもかかわらず、縄で固定していなかったのだろう。

いつものことだったのか、今日《きょう》たまたまだったのか。

それはわたしにはわからない。

けれどそのせいで木材が崩れて、子供達が怪我を負ったのは事実だ。

わたしが何を言いたいのか気づいたのだろう。作業員は真っ青になっている。

「手早く木材をラゼットがどかしてくれたから助けられたけれど……もしもラゼットがいなかったらどうなっていたんだろう？」

追撃とばかりに、わたしはちらっと作業員を見ながら言ってみる。

「ラゼット様！　木材を移動してくださりありがとうございます！」

現状を理解した作業員が、ラゼットに駆け寄って手を握った。

引きつり笑いをしながらだけれど、それはまぁ、許せる範囲だと思う。

「あ、あぁ、どうってことないし……」

ぶんぶんと大げさなぐらい手を振られて喜ばれて、ラゼットは照れながらも嬉しそうだ。

周囲でひそひそ話していた人達も、いまは口をつぐんで子供が助かったことを喜んでくれている。よかった。

「あれっ？　騒ぎを聞いて駆けてきたんだけど、もう終わってるー？」

平民の中ではちょっと目立つ金髪のメルさんが、焦り気味に駆けつけてきた。

「メルさん！　あとはたぶん、作業場に集められた子供達の手当てが残っていますね」

「了解！　んじゃ俺達はそっち行くわ。もしも容態の重い子がいたら呼ぶよ」

「他の団員はいないのか？」

ラゼットが気づいて周囲を見渡す。

メルさんともう一人は作業場の子供達のいるところへ向かったけれど、あとの三人はどこだろう？

「ダダワとナフェリは買い出しに行ってます。ヴァーエは私と宿を取りに行ったのですが、この事件を聞いて先にここに向かってもらいました。おそらく作業場にいるはずです」

ベルドさんの説明にラゼットは頷く。

(買い出し？)

わたしは王都には戻れないけれど、みんなは戻れるはず。

「何があるかわからないから、補充できる時に保存食などは買っておくんだよ」

疑問が顔に出ていたのか、ラゼットが説明してくれた。

そういわれてみれば、結界巡礼の時も立ち寄る街や村で必要なものは補充していたと思う。

(一応、この周辺の人々全員に治癒魔法を使っておこうかな)

作業場に運ばれた子供達の方にも届くように、わたしはこっそりと広範囲に治癒魔法をかける。

材木に閉じ込められていたジェカちゃん以外は、これといって大きな怪我はしていないのだろう。治癒魔法の治療具合からそれがわかる。

「あれ？　俺の腰痛がなんか治ったぞ？」

「さっきぶつけたと思ったんだが、肘《ひじ》の怪我がなくなってないか？」

「肩が重かったんだけど、急になんだかすっきりしたわ！」

こそっと治したから、周囲の人がしきりに不思議がっている。

気づいたラゼットがそっとわたしに耳打ちする。

「ルーナ。あまり派手に力を使うと……」

「大丈夫よ。みんな、わたしだって気づいていないわ」

「そうじゃない。昨日からかなり魔力を使っているから……」

心配そうな表情で気づいた。

あぁ、魔力切れを気遣ってくれているんだ。

「ありがとう。なんかね、昨日からとても魔法が使いやすいの」

なぜだろう。

パーシバル様に毒を飲まされて魔の森に捨てられたのに、王都にいた時よりもずっと楽に魔法を使えるのだ。

自分にも治癒魔法をかけることは王都にいた時もしていたけれど、こんなにするすると魔法が使いやすくなったことはない。

「顔色も悪くないから、本当にそうなのだと思うけれど……」

ラゼットがわたしの頭を撫でていた手を、頬に滑らせる。

むしろラゼットはどうなのだろう？

あの崩れていた大量の木材を一気に移動させたのだ。疲れていないのだろうか。

見上げるラゼットの顔は、わたしを心配気にはしているけれど、特に疲れは見られない。

そしてすぐにメルさん達が戻ってきた。

「作業場の子供達はかすり傷程度っすね。泣いてはいたけれど、特に放っておいて問題ないかと思いますよ」

その子達の傷もいまわたしが治療したから、すぐに泣き止《や》むだろう。

「なら、宿屋へ向かおうか」

報告を受けたラゼットは頷いて、みんなを宿屋へ促した。

◇◇◇◇◇

「え。部屋が足りない？」

宿屋につくと青い髪のヴァーエさんが申し訳なさそうにしていた。隣にいる宿屋の主人も困り顔だ。

普段は一階の食事処の営業が基本らしい。いまも数人の客で賑《にぎ》わっている。

もともと部屋数があまりなかったところに加えて、珍しく旅行客が泊まっているらしい。そこへ、討滅騎士団とわたしが来てしまった。

「開いてる部屋が二つなら、団長とルーナさんが同じ部屋で、残りの俺達は一部屋で行けるんじゃないっすかね。ベルドは実家があるし」

「なっ!?」

メルさんの発言に、ラゼットが目を剥《む》く。

『あぁ、恋人同士なんだね。それなら、同室でもいいかい？　もちろん、宿泊料は割り引きますよ」

人の好《よ》さそうな宿屋の主人はにこにこ笑顔にかわって勧めてくる。

闇属性であるラゼットにも特に思うことはないようで、泊めることに不満もないようだ。

「え、いあ、その、え……」

「ラゼット？」

見上げると真《ま》っ赤《か》になっている。どうしたのだろう？

「わたしは同室でも大丈夫ですよ？」

「ルーナはなにを言って！」

「だって、昨日も一緒に寝たじゃない」

おおーっと団員達と宿屋のご主人、それに会話を聞いていた食事処のお客さんまでもがなぜか驚いている。

みんなと洞窟で一夜を明かしたのは昨日のことだ。驚くことも困ることもなにもないと思うのだけれど。

「寝た、寝たって!?」

「ははっ、仲がいいですな」

焦りまくるラゼットに、ご機嫌になった宿屋の主人が部屋の鍵《かぎ》を二つ渡す。

「団長！　襲っちゃいけませんよ」

「馬鹿《ばか》なことを言うな、刻むぞ！」

「おーこわっ、なんかあったら俺達の隣の部屋に駆け込んでくださいね」

笑いながらメルさんは鍵を一つ受け取り、他の団員さんとともに二階の部屋に去っていく。

それにしても……。

「ラゼットに襲われることなんてないのにね？」

パーシバル様ならともかく、ラゼットがわたしに危害を加えるなんてありえない。

「……そうだな」

なぜかぐったりとしたラゼットに、ポンポンと頭を撫でられた。

――どこか遠くで、声が聞こえる。

「……ルーナ、ルーナ。起きているか？」

眠っていたわたしは、ラゼットの声で起こされた。

「いま、起きたけれど……？」

ベッドから起き上がり、周囲を見渡す。

部屋の中は魔導ランプの光りで明るいけれど、まだ夜だよね？

「外が騒がしい」

言われてみれば、なにやら窓の外がざわついている。

カーテンを引いてみると、村の人々が家から出てどこかへ向かっているようだ。

こんな夜中になんだろう。

首をかしげていたら、部屋をノックする音が響いた。

「はい?」

ラゼットがドアを開けると、魔導ランプを手にした宿屋の主人が立っている。その顔色は真っ青で、心なしか手も震えている。

「お客さん、起きていらしたんですね。急いで避難準備をお願いします!」

焦りをにじませた声で、宿屋の主人が言い切る。

ラゼットの顔に緊張が走った。

「いったい何があった」

「魔物が出たらしいんです。ガセならいいんですが、万が一本当だったら危険なので」

「家の中にいた方が安全じゃないのか?」

「王都ならともかく、このあたりの家は吹けば飛ぶような造りですよ。村の教会に集まってください。あそこだけは石造りで頑丈なんです」

「わかった。魔物はどのあたりで確認された?」

「村の外れとのことですが……うわっ!?」

ラゼットが主人の腕を引く。瞬間、背後を何かがかすめた。

ダンっと壁にぶつかる音がして、ラゼットが素早く扉を閉める。

「な、なにを」

「静かに。侵入されている」

「え、えっ!?」

まさかいまのなにかの影が魔物？

魔力を張り巡らせて気配を探る。

（小さいけれど、確かに瘴気《しょうき》が滞ってる！）

扉の向こうにいる小さな何かは、魔物で間違いないようだ。

けれどなんだろう。違和感を覚える。

「ラゼット。これ、本当に魔物かな」

「おそらくは。……ルーナは違うと感じている？」

「魔物だとは思うんだけれど、何か変な感じなの」

なにがといわれても答えられないのだけれど。

「……わかった。できるだけ手加減してみる」

ラゼットが鎌《かま》を構え、扉の下の隙間《すきま》から影を伸ばし、その外にいるであろう魔物に向かって放った。

——ギャッ、ギャーニャッ！

魔物らしき物の鳴き声が響いた。

素早そうな気配だったのに、意外とあっさりと捕獲できたようだ。

「うわっ、これ団長の影じゃん！　なんで猫捕らえてんの！」

（え、猫？）

騒ぎに気づいて隣の部屋から出てきた誰かが叫んでる。声的におそらくメルさんだ。

「うわっ、うわわっ、この猫の後ろ足おかしい！　足だけ魔物じゃんっ」

足だけ魔物？

思わずラゼットと顔を見合わせる。

ラゼットが扉を開けると、そこには確かに猫がいた。

そして予想通り、メルさんがおっかなびっくり猫とわたし達を見ている。

影に捕らわれて動けない猫は、およそ猫とは思えない声でギャーギャーと威嚇していた。

そしてその足は、確かにおかしい。肥大化していて、通常の猫の足の三倍は膨れ上がっている。色も変色し、ぼこぼこと瘤《こぶ》が膨れた足が紫がかっているのだ。

「あ、団長！　これなんですか」

「……俺が聞きたいかな。見たことのない個体だ」

宿屋の主人を振り返ると、青ざめた顔のままフルフルと首を横に振る。彼も見たことがない生き物のようだ。

(足だけ、瘴気がしみこんでいる？)

肥大化した脚部分だけ魔物で、他は普通の猫のようだ。

網にかかったように影に捕らわれてじたばたと暴れる猫の足に、わたしは浄化魔法をかけてみる。

「ギニャッ、ニャアアアア！」

「痛いかな？　もうちょっとだけ、我慢してね」

治癒と違い浄化は治癒術師にはできないことだが、仕方ない。

シュワシュワと音を立てて泡のようになり、瘴気に侵された部分が浄化されていく。

音がなくなるところりと小さな魔石が転がった。浄化の泡が消え去るとそこには普通の猫の足があった。ただ、深めの傷がある。化膿《かのう》しているのか、じくじくと痛そうだ。

ついでなので、治癒魔法でそれも治療する。

動物が魔物に変化するなどという話は聞いたことがない。何か異常な事態が起こっているような気がする。

「にぅ、にーーぅ♪」

「お、何だこいつ、懐っこいじゃん」

尻尾《しっぽ》を立てて甘えた声を出す猫を、メルさんが抱きかかえる。

暴れなくなった猫を見て、ラゼットは影と鎌を消し去った。

「主人。魔物騒ぎはこいつで間違いなさそうか？」

「い、いや。流石に猫なら、こんな騒ぎにはなりません。足は確かにおかしかったですが」

なら、まだ本物の魔物が村にいる？

わたしは急いで魔力を村全体に薄く広げてみる。

（一つ、二つ、三つ……？　この方向って、避難場所の教会？）

魔物の気配が村の中央に向かっている。そこには確か教会があるはずだ。みんなが逃げている方向に魔物が向かっているのは危険すぎる。

でも、なんで村の中で魔物が出るの？

王都よりは結界が薄いとはいえ、そうそう魔物が入ってこられるはずがないのに。

「ラゼット。なんだか、すごく嫌な予感がするの。教会付近に魔物が向かってる」

「あぁ、間違いない。急ごう」

影魔法でラゼットも魔物を感知したのだろう。表情が険しい。

「俺達は村人を自宅待機させときます。自宅が遠そうなら、こちらの宿屋に誘導します。教会に魔物が向かってるなら行くのは危険っすよね」

隣の部屋にいたカロンさんとヴァーエさんは、避難してきた人を守れるようにここで警備にあたることになった。

「そっちはメル頼んだ」

力強く頷いてくれるメルさん達と別行動で、わたしとラゼットは教会へ急ぐ。

「皆さんっ、教会は危険です！　自宅に隠れて。自宅が遠いなら、宿屋へ。教会に魔物が向かっていますから、行かないで！」

家から出て教会へ向かおうとしている人達へは、声をかけて止める。

村人達はラゼットの姿に一瞬ぎょっとするが、昼間の騒動のおかげで私達を知っている人もいた。そういった人達が怯える他の村人に説明して反発することなく家や宿屋に向かってくれる。ここで反論されたり抵抗されると、本当に危険だ。

（……とても、気配が大きいのよね）

さっきの猫の比ではない。魔狼と同じか、それ以上に瘴気を強く感じるのだ。

魔導ランプに照らされた夜道を必死に走ると、どこからか悲鳴が上がった。

（えっ、どこ⁉）

周囲を見渡すが逃げ惑う人々が多くて、どの方向から叫び声が上がったのかわからない。

「ルーナ、手を！」

ラゼットに差し出された手を即座にぐっと握る。次の瞬間、彼の影に共に潜り込んだ。

影の中を移動すると、一瞬で別の場所に移動することができる。転移魔法陣のようなものだと以前教えてもらっていた。だから彼は影の中に入ったのだろう。目的の場所がはっきりしていなければ転移魔法陣は使えないから。

(一緒に影に入るのは初めてだけれど)

潜り込んだ彼の影の中は、漆黒だった。

魔導ランプの明かりだけが頼りの中、けれど不思議と怖くはない。

(ラゼットの影だからかな)

周囲を見渡しても何も見えない暗闇《くらやみ》は、本来なら恐怖をかき立てるものだろう。けれどわたしには、ラゼットに包まれているような安心感をもたらした。

「……こっちの方角に魔物の気配を強く感じる」

ラゼットの声にはっとする。

夜の闇とは比べ物にならない漆黒が、魔導ランプの明かりを吸収して闇を広げる中を、わたし達は必死で走る。

「出るぞ!」

ぐっとラゼットに力強く手を引かれ、わたし達は地上に戻る。

そこは月明かりに照らされた大きな教会の影だった。

路地裏に向かって、ラゼットが影を投げ広げる。

ぶわりと広がる影は、いままさに村人に襲い掛かろうとしていた魔物を寸でのところで押さえつけた。

「きゃあああああああ、魔物が、魔物がまた！」

ラゼットを見て叫ぶのは村人だ。

わたし達は悲鳴の主のもとに影で駆けつけて守りに来たというのに、ラゼットを見てさらに悲鳴を上げるのはやめてほしい。

「落ち着いてください、もう大丈夫ですから！」

「あぁああああっ」

半狂乱に陥っている女性を、結界で保護しながら宥《なだ》める。

「火焔獣《かえんじゅう》か？　いや、こんなに巨大じゃないはずだが」

ラゼットが眉間《みけん》のしわを強め、陰で作り上げた鎌を握り直す。

聞いたことがある魔物だ。その名の通り炎をまとっている魔物で、トカゲに近い形状だ。小型で、結界の中でも出現してしまう弱い魔物のはず。

けれどラゼットの言う通り、目の前の火焔獣は人の二倍はあるトカゲ型だ。

燃えるような赤い鱗《うろこ》は火焔獣の特徴に思えるけれど、これが普通の火焔獣とはどう考えても思えない。巨大化している、のだろうか。けれどなぜ？

獲物を奪われた火焔獣が口を大きく開いた。

辺り一帯焼き尽くさんばかりの炎が吐き出され、わたしは結界の範囲をぐっと広げる。

炎はわたしの結界に阻まれ、当たった炎は角度を変えて夜空に消し飛んでいく。

「貴様の相手は俺だ」

ラゼットが影で作り上げた鎌を薙《な》ぎ払う。

ひゅんっと風を切るそれは、大型火焔獣の硬い鱗を切り裂いた。

けれど致命傷には至らない。

二度三度と鎌を振り、その都度火焔獣の皮膚を切り裂くが倒せない。

(嘘でしょう？　魔狼だって一撃で仕留めたのに)

どれほどこの火焔獣は強いのか。

影に捕らわれながらも炎を撒《ま》き散らすなんて、普通の魔物にできることなの？

ラゼットが眉間にしわを深めながら、追撃を入れる。

火焔獣が怒りのままに炎をまき散らす。

「きゃああああああああああっ！」

悲鳴を上げる村人をぎゅっと抱きしめて、わたしは結界を強める。

炎は結界に阻まれて焼失し、手前の地面を黒く焦がすだけにとどまった。

「ルーナによくもっ！」

ブチ切れたラゼットが地面を蹴《け》り、走る。

漆黒の瞳が強く火焔獣を射抜き、怒りの表情のままラゼットの影が激しく暴れ出す。

漆黒の炎のように暴れるそれを、影で作り出した鎌にまとわせ何倍もの影が蠢《うごめ》くままに鎌を

振り、火焔獣に飛びかかる。

刻まれる火焔獣は怨嗟《えんさ》の雄叫《おたけ》びを上げるが、ラゼットは怯《ひる》まない。

一層強く地面を蹴りつけ、まるで空に浮かんでいるかのように跳躍し、鎌を振り下ろす。

断末魔の悲鳴を上げて火焔獣の瘴気は霧散し、ころりと大きな魔石が転がり落ちた。

すっと地面に着地したラゼットは、乱れた前髪を軽く手で払う。

月明かりに照らされた姿は、夜を統《す》べる王のよう。

(ラゼットは、本当にすごい……っ)

あんなに巨大な魔物にも、少しも怯まない。

ラゼットがわたしを振り返る。

どきんっと胸が高鳴った。

「ルーナ。無事か?」

「うん。ラゼットが倒してくれたから」

「そうか」

ほっとしたように表情を緩めたラゼットは、火焔獣が落とした魔石を拾い上げる。

「やはり中級以上の魔物のものだ。この大きさは、小型の魔物ではありえない……」

「火焔獣には、小型以外もいるの?」

「いや、いままでに聞いたことがない」

宿屋の猫といい、火焔獣といい、本来起こりえなかった何かが起こっているようだ。

「あっ、あっ、黒い魔物がこっちに……っ」

ラゼットがこちらに近づいてきた瞬間、それまで放心状態だった女性が声をあげた。

「やめてください、彼は魔物ではありません。貴方を助けてくれたんですよ！」

怯える女性に、わたしは強く否定する。

見慣れない闇色に染まった黒い髪と瞳が怖いのも、蠢く影が恐ろしいのもわかる。ましてや、いままさに魔物に殺されかけたのだ。恐怖で一杯一杯なのも理解できる。

けれど彼を傷つける言葉は許容できない。

「ルーナ、俺のことは気にしないで。いつものことだから……」

「わたしが嫌なの。ラゼットがいなかったら助けられなかったんだよ？」

影の中を移動していなかったら、あのタイミングでは絶対に間に合わなかった。

走って移動したままでは、この女性は無残に焼き殺されていたと思う。

だからこそ、影から影を一瞬で移動して助けに来た。

この女性からしてみれば、突然影から黒髪のラゼットが湧き出てきたのだから、魔物にしか見えなかったとしても、一言、彼にちゃんとお礼を言ってほしい。

「……ご、ごめんなさい。私、こ、怖くて……」

震えながらラゼットに頭を下げるが、お礼の言葉はない。

「立てますか？　教会は危険なので、家に戻ってほしいのですが」

諦めた顔のラゼットが問うと、女性はふるふると首を横に振る。立とうとしているようだが、腰が抜けて動けないようだ。

治癒魔法をかければ動けるかもしれないが、治療してもこんなに怯えた状態ではまともに家に帰れるかどうか怪しい。

「……怖い、と思うので。目を瞑《つむ》っていてください。宿屋に送ります」

ラゼットの影が女性を包み込む。その瞬間彼女は気を失ったが、構わずそのまま影で転移させる。宿にさえ飛ばせば、カロンさんとヴァーエさんが対応してくれるはずだ。

ふぅっと息をつくラゼットの背を撫でる。

「お疲れ様」

「教会に向かおう。気配は小さいが、魔物には変わりない」

傷ついているのに、それを出さずに耐えるラゼットに泣きたくなる。

闇属性はもともと人々に嫌われる属性だ。

せめて髪か瞳の色が違っていたなら、これほどまでに恐れられたりもしなかったのかもしれない。どちらかなら、まだ見る色だから。

けれどラゼットの髪も瞳も、夜の闇よりもまだ深い漆黒。

雪のように白い肌と、お母様似の整った容姿がより一層人外じみて、周囲に誤解を与えてしまうのだ。

ぐっとお腹に力を込めて、泣くのを我慢する。ラゼットが耐えているのにわたしがへこんでちゃだめだ。

残りの魔物も倒さないと村人が危険なのだから、泣いている暇なんかない。

ラゼットと共に、わたしは教会へ急いだ。


「ダダワさんもう着いていらしたんですね。メルさん達は？」

教会にたどり着くと、橙《だいだい》色の髪を束ねたダダワさんがいた。

「メルとナフェリはまだ別の場所を回っている。こっちの人手が足りなさそうだったから先に警備にね」

まだ魔物は現れていないらしく、ほっとする。

「……っ、皆、伏せて……っ！」

突然ラゼットに抱きかかえられ、横に飛ぶ。瞬間、地面が爆《は》ぜた。視界を砂ぼこりが覆い隠す。

見えないけれど、咄嗟《とっさ》に周囲に結界を張り巡らした。

「ダダワさん！」

「うっ……っ」

砂ぼこりが落ち着き出して視界が開けると、ダダワさんが倒れていた。ざっくりと髪を束ねていた紐が切れ、乱れた橙色の髪に血がこびりついている。

「だめだ、まだ動いちゃいけない！」

駆け寄ろうとしたわたしの腕を、ラゼットが掴んで止めた。

彼の目線はダダワさんの斜め前。

「え。なんで……」

「雷ウィスプだ。なんで先に攻撃してくるんだ……」

ラゼットが舌打ちする。

魔導ランプの明かりよりも強く光る、手の平より少し大きな光を集めたような姿は間違いなくウィスプだろう。

さまざまな種類がいるというウィスプだけれど、彼らは大人《おとな》しい魔物で、人が先に手を出したりしなければ襲ってくることがない。だから、子供の頃から誰もが教わっているのだ。『見つけたら決して手を出してはいけない。綺麗だからと捕まえようとしてもいけない』と。

実物をこうして見たのは初めてだが、確かに綺麗だ。知らなければ思わず手を出してしまいそうだ。

けれど色合いがおかしい。紫にも光っている。

それに、わたしの目には瘴気を強くまとって見える。魔物なのだから瘴気があるのは当たり前なのだが、なんというか禍々《まがまが》しい。

パリパリと放電しつづけ、魔物としての気配は小さいのに、一目で危険だとわかる状態だ。

「そいつだけじゃない。もう一匹いる」

ラゼットがわたしを背に庇《かば》いながら目配せする。

紫の雷ウィスプの後ろに、確かにもう一匹ウィプスがいる。

それは茶色い光を帯びていることから、土属性なのだろう。けれどやはり紫に所々変色しているし、こちらも激しく点滅しているから、攻撃的に見える。

（もうほんとうに、どうなっているの？　王国を守る結界が崩れでもしていなければ、こんなことはありえないのに！）

毎日聖女が祈りの間で祈りを捧げていれば、結界が壊れることはない。

なのに瘴気で変異までした中級の魔物が村に出て、本来攻撃してこないようなウィスプまで攻撃してくるなんて本当に異常事態だ。

バチバチと激しく放電する音で、意識がウィスプに戻る。

結界を一気に教会の方まで広げて張り巡らす。ダダワさんも当然結界の中だ。これでもう攻撃できないはず。

一際激しい音を響かせて、ウィスプがダダワさん目掛けて稲妻を迸《ほとばし》らせるが、わたしの結界はそれを弾《はじ》き飛ばした。

それを見てラゼットがこくりと頷いたので、わたしはダダワさんに駆け寄る。

すぐに治癒魔法を施せば、額の傷と腕の傷が一気に塞《ふさ》がった。

ほっとしたのもつかの間、結界に土魔法が放たれる。

地面が爆ぜたのは、土属性のウィスプの攻撃だったのだろう。激しくぶつかる音に耳を塞ぎたくなる。

「……手間を、かけさせるな」

冷たく言い切り、ラゼットが鎌と共に跳ぶ。

そのまま一瞬でウィスプとの距離を詰め、二匹同時に鎌で切り裂いた。

元々光の属性も持つウィスプは闇に弱いのか、変異した火焔獣よりもあっさりと消滅した。

「もう、大丈夫だ。村の中に魔物はいない」

ラゼットがダダワさんに手を貸し起こす。

宿屋で感知した魔物は三体だった。いまも油断せずに周囲に魔力を広げているが、魔物の気配は消え去っている。

でもそれよりも、魔力を広範囲に伸ばしたことでもっと気にかかることができた。

「ここからでもわかるわ。結界が薄くなっている個所が何か所もある。どうして……」

そう、結界だ。王都から王国全土に広がる結界が、明らかに薄いのだ。

祈りの間で祈りながら結界を守るのは、聖女の仕事だ。それをわたしが欠かしたことはない。

だというのに、遠目にもわかる結界のほころび。

結界式ではわたしが結界を張れなかったから、ヴァニスカ様が代わりに結界を張り巡らせた。床に描かれていた魔法陣も輝いていたのだから、結界自体は発動していたはずなのだ。

（あの魔法陣は偽物なんかじゃなかった。ヴァニスカ様はわたしよりは聖女として結界を張る力が弱いと言われていたけれど、結界自体は張ることができる方だったものね？）

ヴァニスカ様の張った結界は、わたしとは模様が違っていたが、細かなレースを編み込んだような美麗な結界だった。王都を中心に半円状に結界は王国を包むものだ。

結界式で、わたしは確かにヴァニスカ様の結界が広がっていくのを見た。

あれから今日で三日目。

祈りを怠れば、徐々に辺境から順に結界は薄くなる。とはいえ、結界式を行ったばかりなのだからいきなり破れることなどないはずだ。

ヴァニスカ様が祈っていないということもないはず。

祈りの間で祈りを捧げ結界を維持することは、聖女としての最優先事項だ。

パーシバル様がわたしを偽聖女として断罪した理由は結界が張れなくなったから。そしてヴァニスカ様を真なる聖女とした。

だというのにヴァニスカ様が祈りを怠れば、貴族達からの疑惑は免れないだろう。

国王陛下にも言い訳がたたないはず。

わたしが捕らわれた時、トライトレ様は国王陛下がお戻りになるのが一週間後だと言っていらした。手紙も書いてくださったから、もしかしたらもう戻られているかもしれない。

だから万が一、パーシバル様が結界を軽んじてヴァニスカ様に祈らなくてもよいと許可を出していても、国王陛下がそれを許すことはないはず。

(とりあえず、ここで祈ろう。届く範囲だけでも、結界の補強をしなくちゃ)

そうしなければ、何度でもこの村が魔物に襲われてしまう。

幸いにもここは教会。治癒術師を名乗るわたしが祈りを捧げていても、なんら不自然ではない。

傍目《はため》には教会へ祈っているように見えるだろう。

いまの時点ですでに中級と思しき魔物が出現しているのだ。

これ以上薄くなるのは危険すぎる。

わたしはその場で膝をつき、両手を前で組んで祈りを捧げる。

身体の奥から、魔力を祈りに乗せて結界を張り巡らす。

わたしの結界は、魔法陣のような模様だ。生粋《きっすい》の貴族令嬢ではなかったわたしは、先代聖女にレース編みのようにと言われても、上手く理解ができなかった。

けれど床に描かれた魔法陣ならば見たままを真似《まね》ればよかったから、わたしはそうしたのだ。

大きな魔法陣を中心に、小さな魔法陣がいくつも花びらのように連なり広がっていく。祈れば祈るほど体の奥から魔力が吸い上げられ、息が苦しくなるが構わずわたしは続ける。

レース編みのようなヴァニスカ様の結界とは違い、武骨かもしれないが、強度だけは自信がある。

（……っ）

くらりと眩暈《めまい》がする。それでも、しばらく祈りを捧げながら結界を補強していく。まだ結界が薄くなって時間が浅いのか、思ったよりも時間をかけずに修復できた。

「ルーナ。顔色が悪い」

「そんなことは……あっ」

立ち上がった瞬間、ふらっと足をとられてラゼットに抱き止められる。

視界がぐにゃりとして、目が回る。

「魔力切れを起こしている。じっとしていて。こんなことしかできないけれど、俺の魔力を渡すから……」

ラゼットがわたしの手を包み込む。

すぐにほわほわと温かくなってきて、ラゼットが魔力を分けてくれているのだとわかった。

真剣な眼差《まなざ》しでわたしに魔力を流してくれる横顔に、どきどきする。

「ありがとう、もう、大丈夫」

「ん……」

ほっとした顔して離れるラゼットに、あんまり心配かけないようにしなければと思った。

【三章】 王都の状況

魔力切れを起こしていたわたしは、ラゼットと共に宿屋に戻った。

その後はすぐに寝入ってしまったようだけれど……。

「あの、ラゼット……？」

目の前に、ラゼットの顔があった。

彫刻のように整った顔が、じっとわたしを見つめている。

ベッドの横に腰かけて、わたしの手をしっかりと握りしめている。

「起きたんだね……」

優しく見つめられると、どきりとする。

(あれ？　わたし、昨日《きのう》ラゼットと一緒に寝た？　部屋は一緒だけれども)

「その様子だと、覚えていない？」

ちょっと困ったように、ラゼットが首をかしげる。

「えっと、わたしが何かしたのかな」

「宿屋まではね、ルーナはちゃんと起きていたんだけど……この部屋に入った瞬間気を失ったんだ。魔力切れが酷《ひど》かったんだろうね……」

悲しげなラゼットに、わたしは二の句が継げない。

寝入ったのではなく、まさか気を失ったとは。

「ごめんなさい。不安にさせた？」

「そうだね。でも、魔力なら俺が分けられるから……」

ラゼットが握った手に力を籠《こ》める。

ほかほかと身体《からだ》が温まるのは、ラゼットの魔力を渡されているからだけではなく、彼といられる安心感からだろう。

「本当にありがとう」

ぎゅっと、わたしもラゼットの手を握り返す。

十分に魔力をもらってから、わたし達は支度を整えて一階へと下りていく。

魔物の騒動から一晩明けたヨヘナ村は、日常を取り戻しているようだ。

幸い、大きな怪我《けが》を負ったものもいなかった。

朝食は食堂でまとめて出されるそうで、隣の部屋に泊まっていた討滅騎士団の皆と、少し遅れて実家から通ってきたベルドさんが合流した。

「王都の様子が、気になるのか……」

朝食をとりながら呟くラゼットに、わたしは頷《うなず》く。

結界式で魔法陣の力も借りて張った結界は、数か月は持つはずなのだ。

毎日祈らなければ徐々に結界は薄くなっていくとはいえ、たった数日で中級の魔物が出現するほど薄くなるのはおかしいのだ。

(昨日はわたしが祈ったから、しばらくはこのあたりの結界は持つはずだけれど)

薄くなった範囲も気になる。

たまたま、ヨヘナ村の付近の結界が弱まっただけなら、まだいい。

もしも結界自体が最初から薄かったら?

辺境に近い村から被害が拡大してしまう。

だから王都の様子をできれば知りたいのだ。この事態を既に察知しているのか。

それともまだなのか。

前者ならいい。国王陛下が必ず対策を練ってくれるだろう。けれどももしも後者なら、どうにかして事態を知らせる必要が出てくる。

(わたしが魔の森に捨てられてさえいなければ、問題なかったのだけれど)

いまやわたしは、偽《にせ》聖女として逃げたことになっているお尋ね者だ。

おいそれと王都に近づけない。

そしてラゼットはわたしを置いて王都に戻るとは思えないし、ラゼットを抜いた討滅騎士団のみが王都に戻って事態を伝えるには、それ相応の理由が必要になってくる。

妾妃《しょうひ》の子とはいえラゼットは王族だ。

そして王宮討滅騎士団団長。

そのラゼットだけを置いて騎士団員達だけが王都に戻る理由なんて、早々思いつけない。

「結界は、張られていないのでしょうか……」

ベルドさんが不安げにぽつりと呟く。

食事にもほとんど手を付けていないようだ。

王都と違って辺境付近の村は、魔物の防衛に関しては結界だよりだ。

自警団はいても、昨日のような中級の魔物にはおいそれと太刀打ちできない。

昨日はたまたま討滅騎士団が立ち寄っていたからことなきを得たけれど、もしいなかったなら、凄惨《せいさん》な被害を免れなかっただろう。

だからこそ、ベルドさんの顔色は暗い。

他《ほか》の団員さん達も、一様に言葉が少なくなっている。

「少し、覗《のぞ》いてみるか」

ラゼットがテーブルの上空に影を浮かす。

わたしは即座に周囲に結界を張り巡らせて、周りからこちらを見られないようにした。

傍目《はため》には、穏やかに食事をしているようにしか映らないはずだ。

よほど側《そば》まで来なければ、声も聞こえないだろう。

（パーシバル様に泣いているのを見られると、より一層詰《なじ》られるから、見つからないようにできるようになったのよね）

魔物を防ぐのが聖女の結界なのに、それ以外の使い方はどうかとも思うけれど、案外使い勝手がいいのだ。

「俺《おれ》の影小人は、常に王宮においてあるから……何が起こっているのかを視《み》ることだけならできるはずだ」

紙のように空間に広がった影が、映像を映し出す。

せわしなく働く使用人達の合間を縫って、ラゼットの影小人が城の廊下を突き進む。

映像をじっと見ていたメルさんが、首をかしげた。

「そんなに堂々と歩いていて、隊長の影小人は見つからないんすか」

わたしも不思議だった。

ラゼットの影小人は黒いから、小さな小人の姿でも目立ちそうだ。

わたしの肩に乗っている影小人が、こてんと小首をかしげた。

「俺の影小人は、影から影に移動しているだけだから」

言われてよくよく見ていると、歩くというよりはすすっと滑るように移動しているようだ。

この動きがきっと影から影に動いている状態なのだろう。

広く長い廊下を進むと、祈りの間が見えてくる。

わたしが六年間祈りを捧げ続けた場所だ。

ラゼットの影小人が細かな彫刻が彫られた白い扉をすり抜けると、吹き抜けの天井と、それに描かれた緻密《ちみつ》な彫刻、そして差し込む陽《ひ》の光が初代聖女の像を温かく照らしている。

討滅騎士団の口から、感嘆のため息が漏れた。

「美しい場所ですね」

呟かれた言葉に頷く。

毎日毎日強制的に祈りを捧げさせられていたけれど、この場所のことは嫌いではなかった。

結界式の会場と違って小さな部屋なのだけれど、この部屋に入り祈ると天の国に行けそうな気すらしていた。

とても気持ちが穏やかになるのだ。

「異変はなさそうか……？」

ラゼットの問いに、わたしはよくよく部屋を見渡す。

この部屋で祈りを捧げ国中に広がった結界を維持していたけれど、以前といまで違いは見つけられない。

わかりやすく瘴気《しょうき》で淀《よど》んでいてくれたなら、それが原因だと言えたのだけれど、そうではなさそうだ。

結界式と同じように床にはびっしりと魔法陣が描かれているのだが、全体を見回してみる限り異変はない。

「ここで見る限りだけれど、祈りの間が原因ではないと思う」

祈りを捧げることによって魔法陣は輝くから、実際に祈りの間で祈りを捧げてみないと魔法陣の不具合は気づけないかもしれない。

けれどももし不具合があるなら、宮廷魔導師達が即座に気づくはずだ。

結界はこの国を守る最優先事項なのだから。

だから定期的に宮廷魔導師達が確認している。

わたしが城にいた間に魔法陣に不具合が出たという報告は受けていないのだから、少なくともその時までは不具合はなかったということだろう。

「そうか……。ならばやはりヴァニスカ・シルフォニア公爵令嬢が原因なのだろうな」

ラゼットは自身の影小人をそっと祈りの間から出すと、再び城内を移動し始める。

まだ早い時間だけれど、ヴァニスカ様は登城しているだろうか。

きょろきょろと探すように映像が左右に揺れる。

映るのは使用人達ばかりだ。

ラゼットの影小人は何かに気づいたように顔を上げ、今度は迷いなく進み出す。

たどり着いたのはパーシバル様の部屋だ。

祈りの間の時よりも慎重に、ラゼットの影小人が侵入する。

『あぁくそっ、なんであいつは見つからないんだ！』

パーシバル様は苛立《いらだ》たし気に自慢の髪をかきむしり、椅子《いす》を蹴《け》とばしている。

（あいつ……わたしのことよね）

パーシバル様にしてみれば、毒で声が出せずに助けを呼ぶことすらできないわたしを、縛り上げて魔の森に飛ばしたのだ。

わたしが生きているはずがない。なのに見つからないのだから、苛立ちも募るだろう。

『魔の森に捨てたのが間違いだったか？　大方、魔物に法衣《ほうえ》まで喰《く》われちまったんだろうが、失敗した。偽聖女の分際で手こずらせやがって！』

舌打ちするパーシバル様に、ラゼットの瞳《ひとみ》が昏《くら》くなる。

あわててわたしはラゼットの手を取った。

「大丈夫。わたしはほら、ラゼットのおかげで無事だから。ね？」

「ん……」

まだ昏い瞳のままで殺気も漏れ出しているけれど、大丈夫だろうか。怒りのままに王宮に転移魔法陣で乗り込んでしまいそうで、そうならないようにぎゅっと握った手に力を籠める。

それでも怒りがまだ落ち着かないラゼットを煽《あお》るように、映像のなかのパーシバル様はわたしに対して誹謗《ひぼう》中傷を繰り返している。

いつも直接言われていたことだけれど、こうして改めて聞くと胃の辺りがキュッと痛む。

「最低な人ですね」

ベルドさんが映像を見ながら唖然《あぜん》とする。

「いまパーシバル様随分なこと言ったっすね。『死ぬなら首だけ残して死ねばいいのに』って、何なんすか。あ、聖女ちゃん俺のプリンあげるっすよ」

メルさんも怒りながら、わたしにプリンを差し出してくれた。

他の団員さん達もパーシバル様の独り言には驚いていて、わたしを同情の目で見ている。

あんまり心配をかけたくないので微笑《ほほえ》むと、無理して笑うなとラゼットに怒られた。

「落ち込みはするんだけどね？　みんなが気にかけてくれるから、それほど傷ついてはいないのよ。いつも言われていたことだしね」

これでパーシバル様に同調してわたしを蔑《さげす》む人がいたなら辛《つら》すぎたけれど、みんな、いい人達だ。プリンも美味《おい》しい。

「……やっとルーナへの暴言が止まったな」

一通り悪口を言って疲れたのか、パーシバル様はどかりとソファーに座ってため息をつく。

『くそっ、偽聖女が処罰されないと、ヴァニスカが正式に聖女として認められないじゃないか。なのに父上はヴァニスカに祈りを捧げさせろと言い出すし、馬鹿《ばか》げている。聖女として認めないくせに祈りだけさせるなよ！』

わたしとラゼットは顔を見合わせる。

(この様子だと、ヴァニスカ様は祈りの間で祈りを捧げていない？)

背筋に冷たいものが流れる。

このまま祈りを捧げなかった場合はどうなるのだろう。

王都以外は結界頼りだ。それがなくなったら魔物の被害を防げるとは思えない。

その時、パーシバル様の部屋にノックが響いた。

『なんだこの忙しい時に。入れ！』

悪口と愚痴しか言っていないのに、パーシバル様は忙しいようだ。

恐る恐る入ってきた使用人は、心なしか青ざめている。

パーシバル様は使用人を人とは見なしていない。理不尽な命令を当然のように下してくるのだから、使用人の顔色が悪いのも頷ける。

『シルフォニア公爵令嬢が登城されました。すぐにパーシバル様にお会いしたいとのことです』

『なにっ、ヴァニスカが来たのか。急いで行かねばな』

内容がヴァニスカ様のことなだけに、すぐに機嫌が直ったパーシバル様は使用人に身支度を整えさせて部屋を出る。

ラゼットの影小人もそのままそっとついていく。

『聖女に与えられる部屋がいまだにヴァニスカに与えられていないのが腹立たしい。早く一緒に仕めるようになればいいものを』

ヴァニスカ様は代々聖女が使う部屋を使用できないらしい。

聖女とまだ認められていないとはいえ、わたしがいないのだからすぐにでもヴァニスカ様が家具を入れ替えて使うと思っていた。

わたしはシルフォニア公爵家の養女になっていたけれど、名ばかりだ。

平民出身のわたしが持ち込んだ家具はない。

聖女の部屋にあった家具は先代聖女シュアレーン様のもので、何も持たないわたしのために、家具類を残しておいてくれたのだ。

シュアレーン様は現在国王の末の弟であるローゼンダル様と結婚し、王都の大教会にご夫婦で身を寄せている。

（……陛下はヴァニスカ様でなく、シュアレーン様をもう一度聖女に認定するおつもりかもしれないわ）

生まれながら赤紫色の瞳を持つヴァニスカ様は、結界魔法を使用できた。

けれど聖女の証《あかし》である瞳の奥の光の粒子は見られなかったため、聖女ではないとされてきたのだ。

文献によれば聖女は同時期に数人現れることもあれば、一人の時もある。数人現れた時は、王族と全員婚姻を結んだわけではなく、その中の一人と結んでいたようだけれど。

だからわたしが聖女であっても、ヴァニスカ様にもその資格があるのなら、聖女として認められたはずなのだ。

シュアレーン様は聖女としての能力に衰えが見えてきたから、次代の聖女としてすぐにわたしが仕事を引き継がされたけれど、能力が消えたわけではない。

引退した時のその瞳はわたしと同じく透明感の高い紫色で、その瞳の奥には光の粒子が煌《きら》めいていた。

つまり、結界を張れても聖女の証のないヴァニスカ様ではなく、シュアレーン様が戻られる可能性は十分ある。

パーシバル様は文句を言いながらもヴァニスカ様に会えるのが嬉《うれ》しいのだろう。少し足早になっている。

ラゼットの影小人も、置いていかれないように急ぎ気味で移動する。

移動先は客室だった。

室内にはいつにもまして華やかな装いのヴァニスカ様がいらして、パーシバル様を見て喜びをあらわにする。

『パーシバル様！　お会いしたかったですわ』

『俺もそうだ。早く父上がヴァニスカを聖女として認定してくれれば、この城に共に住めるというのに』

『陛下はわたくしの何がご不満なのかしら。平民聖女は逃げたのでしょう?』

不満げに唇を尖《とが》らすヴァニスカ様は、本当にわたしが逃げたと思っているようだ。

わたしの処分を思いついたのはパーシバル様だけで、彼女はどうやら無関係だったらしい。

『まったくだ。身分不相応なあんな偽聖女を聖女として認定していたというのに、由緒正しいシルフォニア公爵令嬢たるそなたを聖女として認めないのは、腹立たしいことこの上ない』

『祈りを捧げるように言われましたけれど、結界式で祈ったのですから十分ですわよね?』

『当然だな。あの偽聖女は毎日祈らねば結界を満足に維持できない屑《くず》だったが、ヴァニスカは真なる聖女だ。結界式で魔法陣だって反応していたのだから何も問題ないだろう。どうしてもというのなら、先に聖女として認めてからだ』

この二人は何を言っているのだろう。

結界式をしたのは事実だし、王都は結界の中心なのだから確かに数か月持つだろう。

けれど王都から離れれば離れたぶん、結界は弱くなる。

わたしが毎日祈っていたのはそうする必要性があったからで、偽聖女だったからではない。

パーシバル様は第一王子だというのに、なぜそんなことも知らないのだろう。

「この聖女は、祈りを捧げる気がないのですか……」

ベルドさんがぎりっと奥歯をかむ音がする。

(悔しいよね……)

昨日この村は魔物の被害に遭ったばかりだ。

その原因は結界が弱まったからだというのに、聖女を名乗りながら祈りを捧げる気がないと言い切っているヴァニスカ様を見れば、怒りが湧《わ》くのはもっともだ。

「昨日わたしがこのあたりの結界は補強しておいたの。だから、この村はしばらくの間は持つと思う。でも、他の村の状況もこれでは危険かもしれないわ」

「ルーナ。この場所からでも他の村に結界の範囲を広げることは……」

ラゼットにわたしは首を振る。

「正直いって難しいと思う。祈りの間と結界式の魔法陣は異なっていて、ここでわたしが祈っても、同じ効果は望めないと思う」

「祈りの間の魔法陣は維持で、結界式が範囲だったね」

「うん。結界式の魔法陣の力を借りて王国全土に結界をいきわたらせているから。わたしだけの力じゃ、王国中に結界を張るなんてできない」

「聖女ちゃんはなんで毎日結界式で使う魔法陣で祈らないんすか？　そっちの方が結界を強くできるんすよね？」

「メルさんの疑問は当然だと思う。結界式で使用する魔法陣はね、祈りの間の魔法陣とは違って使用する魔力量が桁《けた》違いに多くて、毎日祈るなんてとてもできないことなの」

だからわたしは、結界式の直前に自分の喉《のど》の不調を治さなかった。魔力が足りなくなるのを防ぐためだった。結界式ではそれほどに大量の魔力を消費するのだ。

初めて結界式を終えた日は、何とか部屋まで戻れたものの、魔力不足で二日間意識がなかったぐらいだ。

精一杯努力はし続けたから、最初の頃《ころ》よりいまの方が結界を上手《うま》く張れるようになったと思う。魔力量だって増やせた。けれど結界式の魔法陣の補助なくして王国全土を守れるほどの結界は、わたしだけの力では不可能だ。

「だからこそ、維持するための魔法陣がある祈りの間で祈りを捧げ続けてたんすね。で、なんかこの派手な衣装の聖女名乗ってる人はそれを怠っていると。公爵令嬢らしいけれど、なんでわかっていないんですかね？　俺達みたいな下っ端が知らないのはともかく、隣にいるパーシバル王子ですら王族なのに知らないっておかしくないっすか」

本当にそうなのだ。

第二王子であるラゼットも知っているし、確認したことはないけれど、第三王子のトライトレ様だってきっとご存じだと思う。

(わたしが嫌すぎて、聖女の仕事全般を聞いても覚えていなかったのかな)

パーシバル様の貴族至上主義はいまに始まったことではない。聖女の仕事であっても、平民のわたしがしている仕事など、どうでもよかったのだろう。

『なに？　父上が呼んでいると？　ヴァニスカも一緒にか』

ふいに映像から流れてきたパーシバル様の言葉に、全員映像に目を向ける。

いつの間にか、客間に陛下の使いの者が来ていたらしい。

『まぁっ！　わたくしも一緒にということは、ついに聖女として認めて頂けるのですね』

『やはりそうか！　さぁ、いこう。ヴァニスカが聖女に認定されるのは当然のことなのだから』

パーシバル様とヴァニスカ様は、何一つ疑うことなく謁見の間に向かい出す。

ラゼットの影小人も浮かれた二人についていくが、それどころではない。

「……祈りを捧げないものを聖女に？　馬鹿げている。ルーナがどれほどこの国に尽くしたと思っているんだ」

ラゼットの影がぶわりと揺らぐ。

「落ち着いて？　まだそうと決まったわけじゃないわ」

「ルーナに毒を盛って、偽聖女と貶《おとし》めたやつが聖女になろうとしているんだ。こんなことで落ち着けるわけがない」

いまにも王宮に乗り込みそうな勢いにおろおろする。

ラゼットなら、本当に一瞬で王宮まで転移できるのだから。

「え、待って聖女ちゃん毒まで盛られたん？　俺は団長を支持するわ」

「メルさんまで変なことを言わないでくださいっ」

「ルーナ様。変なことではないですよ。貴女《あなた》の方こそもっと怒るべきです」

　ベルドさんまで強い怒りを浮かべている。

「……ありえないことなんですよ。祈りをこんなに蔑《ないがし》ろにしている人が聖女になろうなんて」

「ヴァーエもそう思うよな？　いまから乗り込んで暴れてもいいんじゃないかな」

「ダダワに賛成したくなってきますねこれは。全員で乗り込めば制圧できるのでは」

「わ、わかった、ちゃんと怒るわ。でもいまはまだその時じゃないと思うのよ。続きを見守りましょう？」

　わたしがどうどうとみんなを宥《なだ》めると、ひとまず怒りを堪《こら》えてくれた。

　ほっとして映像を見上げると、ちょうどパーシバル様とヴァニスカ様が陛下に謁見しているところだった。

（え？　隣にいらっしゃるのは、先代聖女シュアレーン様？）

　長い銀の髪を緩やかにまとめて、最後に見た時と同じく澄んだ紫の瞳は、間違いなくシュアレーン様だ。

『まぁ！　先代聖女シュアレーンですわね。わたくしの補佐に貴方がついてくれるのなら心強いわ！』

　驚いた。

まだ国王陛下から発言の許可すらされていないのに、ヴァニスカ様はシュアレーン様に話しかけている。しかもシュアレーンと呼び捨て。

公爵令嬢であるヴァニスカ様が敬称を付ける相手は限られているけれど、その数少ない限られた相手が王族とシュアレーン様であるとは気づいていないのだろうか。

それとも、シュアレーン様が結婚前は侯爵令嬢であったことで立場を自分より下と思っているのか。……ありえそうな気がする。

シュアレーン様も貴族らしい笑みを浮かべたままでいらっしゃるけれど、その目は少しも笑っていらっしゃらない。

『父上がついにヴァニスカを聖女と認める気になってくださり嬉しい限りです！　聖女は王族との婚姻が決められていますから、私とヴァニスカの婚姻も当然認めてくださるのでしょう！』

パーシバル様も満面の笑顔でそういうけれど、言われた陛下の顔はこれ以上はないというほどに冷ややかだ。

『なにふざけたことを言っている？　ヴァニスカ・シルフォニア公爵令嬢が聖女でありたいと口にしながら聖女の仕事を放棄しておるから、先代聖女であるシュアレーンに戻ってきてもらったのだぞ』

わたしの予想は当たっていたようだ。

けれどヴァニスカ様は自分が認められないなどと思いもよらなかったのか、顔を真っ赤《まか》にして抗議する。

『なっ！　わ、わたくしは結界式で結界を張り巡らせたではありませんか』

『そうだ！　私もこの目でしかと見届けました。結界式の魔法陣は見事に輝いておりました。あれはヴァニスカが聖女の力で持って結界を張り巡らせたからこそでしょう。聖女としての仕事ができていなかったのは、ルーナです！』

『お前達はなにを言っている？　結界式で発動する魔法陣は広域範囲だ。一年に一度、聖女の最大の魔力でもって強固な結界を張り、王国の隅々にまでいきわたらせるのだ。そのままでは衰えてしまう結界を、祈りの間で祈ることによって、少ない魔力でも結界を維持できるようにしておるのではないか。それをよもやまさか理解していなかったとは……』

陛下に呆《あき》れたように言われ、パーシバル様もヴァニスカ様も言い返せない。

(あれ程まで聖女に執着していたのに、その役割を理解していらっしゃらなかったなんて)

だからなのだろうか。

パーシバル様が懇意にしている貴族達へ、些細《ささい》な傷でもわたしに治療させていたのは。

本当に、その価値しかないと見なされていたのだろう。

『で、ではいまからわたくしが祈りを捧げますわ！　それでよろしいでしょう』

ヴァニスカ様が慌てて取り繕うが、陛下は首を横に振る。

『祈りの間での祈りは、当面の間シュアレーンに任せる』

『そんなっ。ではわたくしはどうなるのですか！』

『ヴァニスカ・シルフォニア公爵令嬢。そなたには結界巡礼を命じる』

『父上何をおっしゃるのですか！　結界巡礼など、辺境の地を回る地味な仕事ではありませんか。ヴァニスカに地方巡りをさせるなどご冗談でしょう。平民上がりのルーナと違ってヴァニスカは生粋《きっすい》の貴族令嬢です。田舎《いなか》で不自由させるなんてそんなことはさせられません！　失礼しますっ』

パーシバル様がヴァニスカ様の手を引いて、強引に謁見の間を出る。

後には深いため息をつく陛下と、困惑をにじませたシュアレーン様が残された。

ラゼットの影小人は、パーシバル様とヴァニスカ様についていく。

「結界巡礼か……。毎年この時期だったね」

考えるように呟くラゼットの言葉に頷く。

「結界巡礼って何ですか？　なんかパーシバル様の言葉だと、ただの田舎巡りって言われてたっすけど、実際はたぶん違いますよね」

「ええ。各要所要所に初代聖女様の像が祀《まつ》られているの。そこを巡って、祈りを捧げて結界を補強していくのが結界巡礼になるわ」

「それは、とても重要なことではないのですか」

ベルドさんの言葉にもわたしは頷く。

結界巡礼は一年に一回しなければならず、毎年結界式の後に行うものだ。追放されなければ、わたしはもう巡礼準備をしていたはずだった。

確かに田舎巡り地方巡りといえばそうだが、初代聖女像の近隣の村に専用の転移魔法陣が設置されている。

馬車で巡るには何か月もかかってしまうが、それでは王都の守りが薄くなると危惧《きぐ》した何代か前の国王が王宮に転移魔法陣の間を作り、そこから各初代聖女像付近の村に設置した転移魔法陣へ飛べるようにしたのだ。

おかげで、何か月も王都を空けることにはならず、一か月程度ですべての要所を巡ることができるようになっている。

村から多少離れたところに初代聖女像がある場所もあり、そういったところへは馬車や徒歩で向かうことになるが、不自由したことはない。

(それに、唯一パーシバル様と離れられる時でもあったからね)

本来なら婚約者と共に結界巡礼は行われていたらしいのだが、初代聖女の像を巡り結界を張って回るだけの地味な巡礼に、パーシバル様が付いてくることなどなかった。

『この俺がなぜお前などと各地を回らねばならない？　馬鹿らしい、一人で行ってこい！』

そういわれて初めての結界巡礼の時から、わたしはパーシバル様と離れて過ごしていた。

結界を張るのは聖女の仕事だけれど、一人で回らせられたわけではない。陛下の手配した護衛騎士や使用人達もついてきてくれていた。

皆は平民出身の聖女などと共に来たくはなかっただろうし、常に事務的に接されるだけだったけれど、パーシバル様と離れていられるというだけでわたしにとっては幸せな時間だった。

貴族達への無償の治療仕事も、パーシバル様の罵声《ばせい》も飛んでこない。

行く先々で泊まる宿は王城のベッドよりも粗末だけれど、パーシバル様を恐れることなくゆっくり眠ることができる。

食事を抜かれることもなく三食きちんと提供されて、とても幸せな時間だった。

『わたくしに田舎を訪問しろなどと、あんまりですわ……っ』

『あぁ、本当にどうかしている。あの平民偽聖女と扱いが同じではないか。私のヴァニスカに対していくら父上といえども失礼すぎる』

パーシバル様は怒りをあらわにしているけれど、親子といえど陛下の言葉を遮って退出してしまうなどそちらの方がよほど不敬だ。

「……パーシバル様はここまで横暴な方だったのですね……」

「んー。この鼻持ちならない自称聖女様が結界巡礼に出るまでに、結界もつんすかね」

「……例年なら一か月以上は持つはずだった。けれどいまは……」

ラゼットの眉間にしわが寄る。

この村の周辺の結界の薄まり具合からして、そこまで悠長なことはいっていられないだろう。できるだけ早く、むしろいますぐ結界巡礼を行うべきだと思う。

『お待ちになって』

苛立たし気に廊下を歩くパーシバル様とヴァニスカ様に、声がかかった。

先代聖女シュアレーン様だ。

『なんだ、私達は忙しいんだぞ！』

『結界巡礼なんてお断りですわよ。そうだ、貴方が代わりに行けばよいのではない？』

ふんっと見下す態度を隠しもせずに、二人は横柄にシュアレーン様に対応する。

『そうですか。……わたくしが陛下にヴァニスカ様のことをとりなす、としてもですか』

『『えっ』』

パーシバル様とヴァニスカ様の声が重なった。

『結界巡礼を見事成し遂げた暁《あかつき》には、わたくしが責任をもってヴァニスカ様を聖女として認めるよう、陛下に進言いたしますわ』

『や、やらなくてもわたくしは聖女よ！　瞳だって紫だわ。ただちょっと光が足らないだけでしょう』

『聖地巡礼は初代聖女が回ったところでもあります。深い祈りによって聖女の資質は後天的に目覚めることもあるのです。貴方達が蔑むルーナは、まさしくそうだったでしょう』

『……たしかに。あいつの目は生まれた時は茶色だったらしいな』

『でもそれなら祈ればいいだけでしょ』

『深い祈りといったはずです。ただ祈るよりも、初代聖女が巡った土地を回ることほど、それに沿ったことはないのではないかしら。結界巡礼はいわば聖地巡礼。初代聖女像に捧げる祈りは、通常よりも深い祈りに自然となるでしょうね』

シュアーレン様の言葉に二人ともごくりと息をのむ。

パーシバル様はずっとシュアレーン様を睨《にら》み付け、ヴァニスカ様は視線をそらし俯《うつむ》く。

公爵令嬢としての自尊心と、ずっと欲していた聖女としての地位。その二つを天秤《てんびん》にかけ、悩んでいるようだ。

どれぐらいそうしていただろう。

『……いいわ、そこまで言うなら結界巡礼に行ってあげる』

ついにヴァニスカ様は聖女の地位を選んだようだ。

『田舎で祈るなんてしたくないだろう？』

『あんな偽聖女にできていたのですもの。わたくしにかかればすぐに終わりますわっ』

『そうだな、罪がバレる前に逃げ出すような偽聖女にできたことを、ヴァニスカにできないはずがないからな！』

ふんっと鼻を鳴らすパーシバル様に、悔しさがこみあげてくる。

「逃げてなんかいないっ」

思わず立ち上がりかけて、座る。

駄目だ、悔しい。

「……ルーナの無実を証明しよう」

「どうやって？　王都へ戻るの？　捕まったら今度こそ処刑されると思うの」

結界式で結界を張れなかった。

毒を盛られたせいだけれど、証拠なんてとっくに片付けられているはず。逃げてなどいないけれど、パーシバル様に魔の森に捨てられたなどと証言したって、これも証明できない。

パーシバル様を手伝っていた共犯の魔導師の男性が証言してくれればいいけれど、望みは薄いと思う。

陛下が戻られれば安心だったのは、偽聖女の冤罪《えんざい》をかけられたことのみ。

聖女の仕事を放棄して逃げたことにされているのでは、後ろ盾のない平民聖女のわたしでは太刀打ちできない。

いまなら結界を張れるから、偽聖女の汚名を晴らすことはできるかもしれないけれど……。

(最悪、パーシバル様の手のものに切り殺される気もする)

パーシバル様なら、わたしが生きて王都に戻ることを知ったなら、高確率でそうするだろう。

ラゼットが確実に返り討ちにしてくれると思うけれど、そうしたらラゼットが犯罪者にされてしまう。

パーシバル様は正妃様の産んだ第一王子。

あんなに横暴で最低でも、ラゼットよりも地位が上なのだ。

「聞きたいのですが、結界巡礼って、誰にでもできるものなのですか？」

それまで黙っていた青髪のヴァーエさんが、真剣な眼差《まなざ》しで聞いてくる。

「本来聖女でなければできないわ。結界が張れないから。でもヴァニスカ様はまだ聖女とはされていないけれど、結界は張れるの」

「じゃあこの名ばかりというか、目に痛い服装の公爵令嬢は、新たな聖女候補ってことになれば結界巡礼はできるんすね」

「それはどうかな……」

メルさんの言葉を、ラゼットが否定する。

「結界を張ることができるのだから、やってさえくれればいいんですよね？　いままでは、義務を怠っていたというだけだよね？」

「俺も、話の流れ的にはそう思う。団長はできないとなぜ考える？」

ダダワさんとナフェリさんも、ラゼットの訝し気な口調に逆に疑問に思ったようだ。

「……シルフォニア公爵令嬢はルーナよりも明らかに魔力が少ない……それに、おそらく結界も広範囲じゃない……」

結界式ほどではないけれど、結界巡礼で初代聖女象に祈りを捧げると、とても多くの魔力を消費するのだ。

公爵令嬢であるヴァニスカ様は、その身分に相応《ふさわ》しい魔力を持っていると思う。

けれどパーシバル様と同じで、努力というものを嫌い、流行や華やかなものだけを好む人だ。

文字通り血のにじむような努力をしたラゼットや、日々祈りを捧げ続けたわたしよりも、魔力量は劣る。

そう考えると、ラゼットの予想はきっと正しい。

結界式でヴァニスカ様は確かに結界を張り巡らせた。魔法陣が輝いたのだから、それについては間違いない。

けれど、結界の範囲が狭い可能性はある。

結界式の魔法陣は、聖女の張った結界を増幅させて王国全土に張り巡らせるものだから、そもそもの範囲が狭かったなら、王国全土にいきわたらない程度にしか増幅できなかった可能性は高い。

その結果、辺境近くのこの村はすぐに結界が弱まり被害が出てしまったのではと思う。

(え、でも、そうしたら……)

最悪な可能性に気が付いた。

「まって、そんな……もしかしたら、結界の強度も劣る？　そうしたら、王都の結界だって崩れてしまうわ」

青ざめるわたしに、先ほどから眉間のしわを深めていたラゼットも頷く。

彼はわたしよりも先にその可能性に気づいていたようだ。

ヴァニスカ様の結界の範囲が、狭いだけならまだいい。

もしも、強度も弱かったら？

結界式の魔法陣は結界に反応しているだけで、強度や範囲などは示してくれない。

先代聖女のシュアレーン様が祈りの間で祈りを捧げてくれるはずだけれど、減少し続けていた聖女の能力は、いまどの程度残っているのだろう。

当時まだ十歳だったわたしに、聖女の仕事をほぼ引き継いで引退されたのだ。

あれから六年経《た》っている。

長期にわたる結界維持は、難しいかもしれない。

「一つ提案ですが、俺達でルーナ様を護衛して結界巡礼を先に成功させてしまえばよいのではないでしょうか」

「そうっすね。それなら、王都も辺境も安心なんじゃないっすかね」

ヴァーエさんの提案にメルさんも同意する。

「え、でも、そんなこと……」

「名案だな……結界も維持できて、上手くいけばルーナの名誉も回復できる」

ラゼットまで頷き出した。

「でも、結界巡礼は王命でしていたのよ？　各初代聖女像近隣の村へは、王宮の転移魔法陣の間から飛んでいたのだから、馬車での移動になると時間がかかりすぎて……あっ」

いいながら気づいた。

ラゼットがいるならこの問題は解決する。

彼の影魔法で、目的地に転移させてもらえばいいだけだ。

「そう、馬車で巡るなら数か月かかるけれども、俺なら皆を即座に現地に飛ばせるね」

ならばもう悩んでいる暇はない。

こうしている間にも、辺境に近い場所ほど結界にほころびが出ているはず。

急いで、結界巡礼を始めなければ。

でも。

「ベルドさんは、この村に残って頂けますか？」

わたしの言葉に、ベルドさんは目を丸くする。

「えっ、聖女ちゃんベルドがなんかやった？」

「いいえ、違います。この村は辺境に近いでしょう。わたしが結界を補強したけれど、もしも結界巡礼が順調にこなせなかったら、この村は再び結界が弱まるんです」

「あっ……」

ベルドさんが一気に青ざめた。

彼には、足の不自由なリトアさんがいる。

わたしが治療したから、彼女は徐々に普通に歩けるようにはなるけれど、走ったりするにはまだまだ時間がかかるはず。

昨日のように魔物が現れた場合、彼女とお母様だけでは最悪の事態になりかねないのだ。

「ベルドさんにはこの村に残って、村の護衛をしてもらいたいです。それと、ベルドさんにラゼットの小さな影小人を付けてもらいたいです。そうすれば、万が一結界が壊れた時にラゼットが知ることができるよね？」

「そうだな。ベルドの肩にもつけておく。俺のほうからも視ることはできるが、ベルドが呼びかければ俺に伝わる」

ラゼットの指先から、ぴょこんと小さな影小人が出現する。

ベルドさんは大事に影小人を両手ですくい上げ、自身の肩に乗せる。影小人は『まかせて！』というようにベルドさんの肩の上で親指を上に向けて頷いた。

「辺境に近い村はこのヨヘナ村とフィヨル村、それにナデオ村もだな……。魔の森に近いハルバヨッシュ村から巡礼するとして、カロンとナフェリはフィヨル村とナデオ村にそれぞれ飛んでもらえるか？」

「当然ですね。我々も団長の影小人を頂いても？」

「あぁ。二人とも何かあったら俺の影小人に言ってくれ。準備ができ次第転移させる」

指名されたカロンさんとナフェリさんが、二つ返事で頷く。

王宮討滅騎士団の二人なら、もし魔物が出現しても即座に対応できるだろう。

「そうすると聖女ちゃんの護衛は俺とヴァーエとダダワか。ま、団長がいればいらない気もするっすけどね。あんまり護衛が少ないと近隣の村もいつもとの違いに警戒するでしょうから、俺達もついていきますよ。なぁに、なんか疑われても俺が上手く言いくるめますから見ててくださいよ」

「交渉事は、メルに任せた方が上手くいくからね……」

黒髪黒瞳の闇《やみ》属性なラゼットと、金髪に琥珀《こはく》色の瞳のメルさんだと、悲しいかな、メルさんの方が人受けがいい。

初代聖女像の近隣の村へは、すべてではないにしろ食料の補充や宿などで立ち寄るはず。いらぬもめごとを起こさないためにも、メルさん達にもついてきてもらった方がいいだろう。

(ラゼットが傷つけられるのも、見たくないしね)

――――そうして方針が決まったわたし達は、朝食を終えるとすぐさま準備して、辺境に近い場所から順番に結界巡礼を開始するのだった。

【四章】結界巡礼とお母さんの手紙

最初に祈る初代聖女像は、王国最西南に位置するハルバヨッシュ村にある。

辺境で魔の森からも近いので、少しの結界のほころびが生死を分かつ場所でもある。

高い城壁に囲まれていて、村でありながら門番までいるのはそういった事情からだろう。

「……聖女様は覚えておりますが、そちらの黒髪のお方はどなたですか」

毎年訪れているおかげで、門番はわたしを覚えていてくれた。

けれどラゼットの黒髪を見て、顔をしかめる。

俯《うつむ》きかけるラゼットの手を握り、影の中に移動されないようにする。

けれどラゼットは俯いていた顔を正面に向け、微笑《ほほえ》んですら見せた。わたしの手を軽く握り返し、大丈夫だと伝えてくる。

「わたしの大切な護衛です。急ぎ結界を補強しなければなりませんので、王宮討滅騎士団のえりすぐりの皆様について来て頂いた次第です」

門番はわたしの説明にラゼットとメルさん、ヴァーエさんとダダワさんを一人ずつ見て確認する。

「ほら、俺達の身分はこの紋章が保証になるでしょ」

メルさんが制服に刺繍《ししゅう》された紋章を指さす。

聖女の横顔と魔法陣、そして剣が描かれたそれはゼルガーン王国の騎士団の証《あかし》だ。

「ふむ、間違いないようですな。お通りください」

閉ざされていた門が開き、わたし達は無事にハルバヨッシュ村に入れた。

例年通り、門番のいる詰所の隣に設置されている客室に案内される。

「ぎりぎり、間に合った……っ」

ハルバヨッシュ村について、最初に思ったことはそれだった。

簡易の祈りを待っている間にすぐに行い、結界を補強する。

この村の結界はもう解《ほど》ける寸前だ。レースのように細かい網目であるはずのものが広がって、歪《いびつ》にたるんでいる。その大きな歪《ゆが》みをわたしの結界で縫い直すように補強する。

「俺《おれ》には視《み》ることができないが、それほどに結界は薄いのか……」

「うん。もう少しで破けるところだった」

初代聖女像の所で祈ればきちんと分厚い結界が張り直せるが、とりあえず応急処置だ。

魔ハーブティーを淹《い》れてくれた門番さんが、いきなり祈り出したわたしにぎょっとしているが、背に腹は代えられない。

薄くでも張られている結界と、破けた結界では、破けた結界の方がはるかに補強しづらいのだ。魔力も多く消費するし、修正するまでに時間もかかる。

聖女像への祈りでも多くの魔力を消費するから、破れる前に結界は補強してしまいたい。

「んー、意外とすんなりいきますねぇ」

門番さんが部屋を出ていくと、メルさんがそんなことを言う。

「毎年この時期だから、疑問に思われなかったんじゃないかな」

最初は、こっそり結界巡礼を行うつもりだったのだ。

けれど大きな町ならばともかく、辺境付近の村は村人すべてが顔見知りといっていいほど人口が少ない。

さらに門番さんのように、わたしを聖女と知っている人もいる。

そんな中で、こっそり秘密裏に行おうとしてもすぐに知られるだろう。その場合、なぜ正規の手続きをせずに村を訪れたのか、不信感をもたれて王都に連絡を入れられたらたまらない。

なのでラゼットが王都のヴァニスカ様達を影小人で監視しつつ、わたし達は聖女一行として村を訪れることにした。『ルーナが結界を補強しているという事実も強調したいしね』というのはラゼットの言だ。

偽《にせ》聖女という不名誉な呼び名を払拭《ふっしょく》するためにも、必要なことだろう。

◇◇◇◇◇◇

ハルバヨッシュ村の外れにある聖堂に、初代聖女像は祀《まつ》られている。

「やっぱり、結界が届いていないわ」

ルーナの声に、皆に緊張が走る。

（……俺の想像通りだな）

ヴァニスカの結界は、この辺境にはまともに届いていないようだ。

あの女の魔力量は、ルーナよりもはるかに劣るのだから当然の結果とも思える。

シルフォニア公爵令嬢と考えても少ない。同じ公爵令嬢でも、アドリアナ・フォーレンハイト公爵令嬢のほうがずっと魔力量が多いのだ。幼少の頃《ころ》から自分の力におごり高ぶり、怠惰に過ごした結果だろう。

だというのに、ルーナを追い落として聖女の座に就こうとしているのだから苦笑しか出てこない。聖女は、ルーナただ一人だ。

聖堂の中に入ると、結界式の広間に置かれているのと同じ姿の聖女像が優しい笑みを浮かべている。違うのは、周囲の窓に魔法陣が刻まれていることだろうか。

「随分多くの魔法陣が描かれているな。周囲の窓にもあるが……これは、防衛用か？」

「うん。やっぱりラゼットは一目見てわかるのね。ここにある魔法陣は、この聖堂を守るためのものよ」

コツコツと足音が響く静かな空間を、俺達は進む。

ルーナは慣れているのだろう。普段と変わらないが、彼女以外には馴染《なじ》みが薄い。

白を基調とした聖堂は、誰に言われずとも神聖な空間だというのを、肌で感じる。

普段は騒がしいメルですら、緊張した面持ちを見せているのだ。

台座の上に置かれた聖女像は、ルーナと同じぐらいの背の高さだ。けれど台に高さがあるため、ルーナは自然と見上げる形になる。

「……ヴァニスカ様の結界の気配は、ここまで近づいても感じられないの……。聖女像の側《そば》までくれば、もしかしたら少しは感じられるかもしれないって、思ったのだけれど」

聖女像を見上げていたルーナが、力なく俯く。

「ルーナはなにも悪くないのだから、落ち込まなくてもいいと思う」

目に見えてしょんぼりとするルーナに、胸が痛む。

聖女像にヴァニスカの結界が届いていないのはヴァニスカの責任であって、ルーナには少したりとも非がないのだから。

少しでも届いていることを願っているのか、ルーナが真剣な表情で聖女像の気配を探っているのがわかる。

俺も聖女像の魔力を探ってみるが、ルーナの魔力しか感じない。

「このままだと、いつ結界が破れてもおかしくないの。なのに、祈りの間の祈りすら怠っているなんて」

「ベルドのいるヨヘナ村って、このハルバヨッシュ村よりも王都に近いっすよね。ヨヘナ村にも自称聖女様の結界は届いていなかったんですか？」

「ヴァニスカ様の結界の模様が見えなかったから、薄くなっているだけだと思ったのだけれど、いま思うと届いていなかった可能性が高いと思う」

「……ルーナ様が立ち寄っていなかったら、ベルドは故郷を失っていたかもしれませんね」

ヴァーエの言葉は、大げさでもなんでもないだろう。俺も同じことを思っていた。

ベルドがルーナを貶めた時は、仲間でも本気で腹立たしかったが、いま考えると運命だったとしか思えない。

もし、あの言い争いがなかったら。

ベルドは故郷と家族を失い、ルーナは激しく自分を責めることになっただろうから。

一切自分が悪くなくとも、助けられたかもしれないという思いに苛《さいな》まれて苦しむのが目に浮かぶようだ。

「みんなにお願いがあるの。予想よりも、ずっと結界の維持に必要な魔力が足らなくなっていそうなの。このままだと、聖女像が綺麗《きれい》なだけの飾りになってしまって……。だから、予定よりも長く祈りたいのだけど、大丈夫かな？」

丁寧に聖女像を調べていたルーナが、俺達を振り返り小首をかしげる。

「あぁ、時間なら問題ない。何時間でも、ルーナの側にいる」

俺の言葉に、ぱっとルーナの表情が明るくなった。

待つことなど造作もない。魔力を使いすぎることだけが心配だけれど、ここにいる面々は俺を含めて全員魔力持ちだ。

もしもルーナの魔力が足らなくなったら、俺達の魔力を渡せばいい。

魔力を譲渡するにはルーナに触れないとならないから、俺が団員から魔力を受け取って、まとめてルーナに渡せばいいだろう。

(魔力譲渡のためとはいえ、他《ほか》の男にルーナを触れさせたくはないから……)

ルーナは気にしないだろうけれど、俺は、駄目だ。

彼女の側には、誰もいてほしくない。

いまだって、護衛のためにメルもヴァーエもダダワもついていて、それは決して邪《よこしま》なものではないのだけれど、俺の心の中には黒いものが湧《わ》き上がってしまう。

メルには、愛する婚約者がいる。

けれどきらびやかな金髪は、ルーナの銀髪と並ぶと相応《ふさわ》しく思えた。

ヴァーエには特定の恋人はいない。

寡黙で穏やかな性格で、青い髪もルーナの隣にいて違和感がない。

ダダワは、いまは恋人よりも剣を振るうほうが楽しそうだ。

その橙色《だいだい》の髪は、華やかで人を引き付ける。

(俺の黒い髪に比べたら、誰だってルーナに相応しいんだ……)

聖女であるルーナの隣に、闇《やみ》をまとう俺は相応しくない。

それでも、ルーナを求めずにはいられない。

「ラゼット?」

呼びかけられて、はっとする。

無意識に彼女の手を取っていた。

「あ、あぁ。すまない、無理だけは、しないでくれ」

不思議そうにしていた彼女に何とか取り繕って、俺は彼女の背後に下がる。

邪魔をしてどうする。

俺の想《おも》いに気づかないまま、ルーナは聖女像へ祈りを捧げ始める。

ふわりと。

ルーナの身体《からだ》から、金色の粉が舞い始める。

彼女の瞳《ひとみ》の奥に散るものと同じように、キラキラと舞いながら、踊るように、流れるように増えていく。

長い銀の髪も魔力を含み、ふわりと舞い上がる。

ルーナを中心に床が円状に光り輝く。

その床からも金色の光が粒となって聖堂を満たしていく。

金と銀の光が奏でる世界は美しすぎて、涙が出そうになる。

聖女像の上に結界式と同じ魔法陣が現れた。

(あれは、ルーナの結界?)

普段視ることのできない結界が、はっきりと見える。ルーナの祈りが深まれば深まるほど、結界が広がっていった。

そして光の粉は聖女の像へと吸い込まれる。

「うわ……聖女ちゃん綺麗すぎ……」

「力を抑えないと、こんなにも神々しいのですね」

皆の意見と同意だった。

ルーナが少し祈るところは見たことがある。

けれどこんなにも深く、長く、魔力を抑えずに祈る姿を見たのは初めてだった。

目を閉じて祈っているルーナは、きっとどれほど自分が美しい祈りを捧げているか気づいていない。

祈り終えたルーナは、いつもと少しも変わらない顔で「お待たせ!」なんて笑う。

「魔法陣が広がっていくのが見えた……ルーナの力が強まっている」

「みんなにも見えるほど強く結界を張れたのね。よかった」

目に見えてほっとするルーナの頭を、そっと撫でる。

「……魔力を使いすぎてないか」

「ちょっと多めかな。でもね、次にここに来れる時がいつになるかわからないじゃない？」

「それはそうだが……」

「シュアレーン様が祈りの間に入ってくれているけれど、ヴァニスカ様が結界巡礼を終えることができるとは思えなくて。この辺境は、この村は、間違いなく後回しにされちゃうから、いま精一杯結界を厚く張り巡らせておきたかったの」

「無理をしないでほしいといっても、きっと人々のためにルーナは祈ると思うから……。俺の魔力も当てにしてほしい」

「うん。頼りにしてるね」

俺の言葉に素直に頷《うなず》いてくれたから、ほっとする。

でも魔力の使いすぎについては、絶対にわかっていない。『そんなに使いすぎてるかな？』っていう顔をしている。

「……使いすぎているよ。短期間で結界をこんなに補強しているんだから」

「あれ？　わたし声に出してた？」

「顔に出てた」

ポンポンと頭を撫《な》でる。

「次の場所はここまで結界が弱まっていないかもしれないし、結界さえちゃんとしていれば倒れるほど魔力を使うようなことはないから」

ルーナの口調的に、ここの結界は本当にぎりぎりだったようだ。だが他の場所はどうだろう。ヴァニスカの結界の広がり具合によるのだから、予想がしづらい。

「急いだほうがよさそうだな。早めに調べられればその分結界は残っているだろうから」

時間が経《た》てば経つほど結界は脆《もろ》くなっていく。

ルーナの負担を軽くするには、できるだけ早く、それでいてルーナの魔力を確実に回復させながら進むしかない。

村の宿屋に戻ると、カロンとナフェリから俺の影小人を使って連絡が届いた。

二人が俺の影魔法で転移した村は、いまのところ異常は見当たらないらしい。

結界が届きづらい辺境の村であることには間違いないが、あの二人が大丈夫だと言うのなら、ルーナを先に休ませたい。

彼女を見ると、いまにも次の村へ行きたくて仕方がないという感じだ。

「今日はこの村で休ませるよ？」

先手を打っておく。

「わかってる。魔力を回復させないとね」

よかった。流石《さすが》にそれはわかってくれているようだ。無自覚に限界まで無理をする彼女だから、俺が、きちんと止めなくては。

「え、まさか聖女ちゃん、一日に何か所も回るつもりだったの？」

「できればそうしたいのは山々なのだけれど、魔力が足りないですね」

「そうだよねー、流石にそこまではないよね。団長並みに魔力があるのかと焦ったわ」

「メルさんも魔法を使うんですか？」

ルーナがメルの背に担がれている魔弓に目を留める。

「そそそっ。弓の命中率上げたり強度上げたりね。触ってみる？」

メルが背中の弓を下ろしてルーナに触らせようとするので、止めた。

「俺の鎌《かま》を代わりに触って」

「……団長はなんで俺に鎌構えてるんすか」

「特に理由はないけれど」

「あーもう、わかりましたよ。俺に下心はないし、俺にはこれでもちゃんと可愛《かわい》い婚約者ちゃんいるの知ってるっしょ。俺が言いたかったのは俺も魔力はあるから、聖女ちゃんが魔力切れ起こしたら俺の魔力も分けられるってこと」

へらっと笑うメルは、そのまま笑いながら「でも俺が聖女ちゃんに触れたら本気で団長に殺されそうなんで、俺の魔力は団長に渡しますよ」なんていう。

わかってるじゃないか。

ルーナに直接触れられたら、俺は気がふれてしまう気がする。

「メルさんの婚約者さんは、どんな方ですか？」

ふいにルーナがそんなことを聞くから、俺は慌てて止めた。

「「聞いちゃダメ！」」

団員すべての声が重なった。

「え？」

ルーナは不思議そうな顔をし、俺はメルを振り返る。

（あ、これ、がっつり聞こえてたな）

メルが最高にいい笑顔で目を輝かせている。

「聖女ちゃん！　よくぞ聞いてくれましたっ。俺の婚約者は世界で一番可愛いんですよ！　まず顔。お人形さんが歩いているんじゃないかなってぐらい整っているんですよ。青空みたいな綺麗な水色の瞳はつぶらで、小麦みたいな金髪は真《ま》っ直《す》ぐでさらっさらなんですよ。同じ男爵家なんすけど、昔っから俺にべた惚《ぼ》れでもう可愛くて可愛くて。あ、貴族同士だからって政略じゃないっすよ！　俺達はほんと相思相愛、らっぶらぶっす。そもそも俺が最初に彼女を見初めてー」

どうたらこうたらなんとかかんたら。

メルは怒涛《どとう》の勢いで話し始めて、そのままずっと止まらない。

そう、メルはこうなのだ。

ちゃらけた雰囲気のある奴《やつ》だけれど、婚約者への愛は深い。婚約者にも何度かあったことがあるけれど、見ているこっちが恥ずかしくなるぐらいべた惚れで、婚約者のほうもメルを好きなのが一目でわかる子だった。

俺も、あれぐらいルーナにはっきりと好意が示せたらいいのにと思う。

メルに負けないぐらいに、いや、絶対にそれ以上に俺はルーナを愛している。

（……ただ、それを口にする権利を持たないだけで）

目の端に映る自分の黒髪に、ため息が出そうになる。

ルーナはメルの怒涛の惚気《のろけ》話に、若干引き気味になっている。

俺や団員をゆっくりと見まわし、全員がそっと首を横に振るのを見て何かを悟ったらしい。

「聖女ちゃん聖女ちゃん、俺の婚約者はいま王都にいるんすよ。魔竜討伐に出てからずっと会えてないんで、絶対寂しがってるんすよ。帰還したら絶対一杯抱きしめてあげたいし、公園デートもお祭りも行きたいし、あっ、聖女ちゃんがほんとに神々しかったから、王都の教会も行ってくるっすよ。教会は王宮治癒術師ほどじゃないっすけど、治癒術師達が勤めてますからね。あらためて二人で日ごろの感謝を伝えてくるっすよ。それから―」

「おい、メル。そろそろ寝る時間だ。お前の婚約者が可愛いことは十分伝わったから、そろそろルーナを解放してやれ」

「あれ？　そんなに話してました？　うっわ、いつの間にかこんな時間！　聖女ちゃんごめん、ゆっくり休んで」

時計を見るメルは、本気で驚いている。

ざっと一時間以上は婚約者への思いを語っていたのだが、気づいていなかったらしい。

討滅騎士団にとってはいつものことだけれど、初めて遭遇したルーナは驚いたことだろう。

胸元に手を当て、何かに触れている。お守りだろうか。

「……メルの前で、婚約者の話は禁止で」

とりあえずそう伝えると、ルーナは苦笑しながら頷いた。

◇◇◇◇◇

みんなのおかげで、結界巡礼は驚くほど順調に進んでいる。

カロンさんとナフェリさんの報告通り、辺境に近いフィヨル村もナデル村も結界破綻には至っていなかった。

結界が薄まってはいたから、祈りは当然深くなったけれど、それだけだ。

ラゼットが転移してくれているから、道中も安全に移動できている。

それでも小さな魔物は出没する。

「ダダワ避《よ》けろっ！」

ラゼットの叫びに、反射的にダダワさんが横に飛びのく。

直後、ダダワさんがいた場所の地面が爆《は》ぜた。

後方に浮かんでいるのは土塊《どかい》のようなもの。拳《こぶし》大のそれはくるくるっと回りながら上下に揺らいでいる。

「アースエレメンタルまで活性化してるってもう、なんなんすかね」

メルさんが冷や汗をかきながら魔法弓を構える。

アースエレメンタルの周囲に、無数の小さな石礫《いしつぶて》が浮かんでいる。そのうちの一つがヒュンッとメルさんに向かって放たれた。

速度がそれなりにあった石礫を余裕で避けたメルさんの足元が、ごりっと抉《えぐ》られた。まともに食らっていたら、間違いなく片足が吹っ飛んでいただろう。

「うっわ、ちっこいくせに攻撃力えげつなっ」

メルさんは顔を引きつらせながら魔法弓を射る。

矢が狙《ねら》いをはずすことなくアースエレメンタルの石の身体を貫くが、一撃では倒れない。

さらに地面にまだ潜んでいたのか、土が隆起して数匹のアースエレメンタルが出現する。

合計五匹にも増えてしまったアースエレメンタルに、けれどラゼットは軽くため息をついただけだ。

「邪魔くさいな」

ヒュンッと影で作り出した鎌を、横に薙《な》ぎ払う。

たったそれだけの動作でアースエレメンタル達は一瞬で瘴気《しょうき》が散って、魔石がコロコロと転がり落ちた。

「……一番えげつないの団長だったわ」

「何か言ったか」

「いいいいえ、ナンデモアリマセン」

ぶんぶんとメルさんが首を横に振り、「懲りない奴」とヴァーエさんが苦笑する。

「結界は破れてはいない……？」

「うん。破れていたら、大型の魔物も出現しちゃうし、侵入できてしまうから。ただ、やっぱり薄くはなってるかな」

瘴気があれば魔物は出現する。

結界は外からの魔物の侵入を阻止すると同時に、瘴気をもとにした魔物が大型に育たない抑制の力もある。

（瘴気はどこにでも湧くものね）

結界が強ければ強いほど瘴気は瘴気のままでそのうち擦れて消えるが、結界が薄まればその分瘴気が魔物に変わりやすい。

「ヨヘナ村よりはいいが、ここも結界は薄いのか……」

村から聖女像までの短い距離で、既に数匹魔物に遭遇している。

どれもこれも小物だから、魔竜すら相手にする王宮討滅騎士団の面々にとっては取るに足らない状態だ。

「じゃあ俺達、周辺を見てくるっす」

「まだいるかもしれませんからねっ」

メルさんとダダワさん、ヴァーエさんがそれぞれ周辺を見回りに行く。

大分魔力を使っているから、三人が見てくれるならありがたい。

「ナデル村の結界も薄まってはいたけれど、ヨヘナ村ほどじゃなかったね」

「ヨヘナ村の方が王都に近いにもかかわらず、結界自体は薄かった。となると、ヴァニスカ・シルフォニア公爵令嬢の結界の偏りは予測できないな……」

どちらかの方角に偏ったというわけではなく、東西南北バラバラな偏り方をしたと見ていいと思う。けれどそうすると、どの初代聖女像を優先すればいいのかわからない。

辺境付近が一番危険だからそちらを優先したけれど、内部にも湧く魔物はいるのだから。

「結界巡礼はここを終えたら、あとは、王都側か……」

「うん」

できるだけヴァニスカ様達と遭遇しないように、辺境側から回ってきた。

けれどそろそろ、出会ってしまうかもしれない。

「ここまで来たなら……ルーナの故郷に寄ろう。確かこの近くだったはずだな?」

「え」

ラゼットの言葉に、わたしは首をかしげる。

「パポルテ村。ルーナが生まれ育った村だろう。葡萄《ぶどう》が美味《おい》しいって話していたよね」

確かに話した。

ワインにする葡萄を育てているのだ。そのまま食べることもできる葡萄は珍しいのよって、お母さんが話していた。

でもわたしは、葡萄の美味しさよりも、陽《ひ》の光に照らされて実る葡萄畑の風景が好きだった。

「ずっと里帰りなんてできていなかっただろう? 結界の様子だって気になっているんじゃないか。お母さんも待っているだろうし」

服の上から、お母さんの手紙に触れる。

かさりと紙の音がして、わたしはほっとする。

「パポルテ村のことは気になるけれど、ここから近いから、結界はちゃんと補強できているの。だから、いまは大丈夫」

「会いに行かないのか?」

「うん」

ラゼットの漆黒の瞳がきょとんとしている。

よほどわたしの答えが意外だったのだろう。

けれどパポルテ村まで届くように結界を張ってある。だからあの村は問題ない。

懐かしい人達に会いたい気持ちはもちろんあるけれど、いま時間を潰して、他の村の結界が壊れるのに間に合わなかったら？

それを思えば、余分な時間は少しでも減らさないと。

「……遠慮しているのか？　いまはパーシバルもいない。ルーナの行動を見張るような奴は誰もいないよ。だから、お母さんに会いに行こう？」

わたしを想っていってくれるラゼットの言葉に、わたしは泣きたくなる。

ぎゅっと。

服の上から、強く、手紙を押す。

「ラゼット。わたしね、知ってたの」

「何を？」

「この手紙を書いてくれた人のこと。お母さんからの手紙を書いてくれていたのは、ラゼット。あなたでしょう？」

ラゼットが、目を見開く。

「なぜ、それを……」

わたしは精一杯微笑む。

「だって、だってね。お母さんはね、わたしの、お母さんはね、もう死んでいるの……」

◇◇◇◇◇

わたしの生まれ育ったパポルテ村は、葡萄を栽培している小さな村だった。

夏から秋にかけて、緑色だった房がゆっくりと紫に変わっていく葡萄を、お母さんと一緒に収穫するのが楽しかった。

物心ついた時にはお父さんはもういなくて、お母さんと二人暮らしだった。

村の側《そば》には小川が流れていて、友達と一緒にいつも釣りをして遊んでいた。

男の子と一緒に交じって遊んでいたわたしは木登りだってできたし、平民には珍しい銀色の髪が泥だらけになるのも構わないぐらいやんちゃだった。

裕福ではないけれど、楽しい毎日。

そんな日々が、ずっと続くと信じていた。

――異変が始まったのは、お友達からだった。

「最近、咳《せき》が、止まらなくて」

川で一緒に魚を取っていたら、咽《む》せ出した。

そんなにひどい咳じゃなかったけれど、なにか妙に気になる咳だったことを覚えている。

「流行り病かな？　悪化しちゃったら大変だから、今日はもうお家に帰ろうよ」

そんな話をしながら、バケツに入った魚を二人で分けて持ち帰った。

「ただいまー！　今日もいっぱい魚が取れたよー」

「お帰りなさいルーナ。……あら？　この魚死んでいるのね」

お母さんにバケツを渡したら、さっきまで飛び跳ねるぐらい元気だった魚が白いお腹をみせて死んでいた。

でも死んでいるのは一匹だけで、他のは元気だったから、気にしなかった。

もしもこの時気にしていたら、どうだったんだろう。

同じ結果だったのか、それとも違う未来を見られたのか。

もしもを考えても意味はなくて、死んだ魚は干物にするために処理をして、取りたての魚をわたしとお母さんは美味しく食べた。


「カノンちゃん遊べないんですか？」

いつものようにお友達の家に遊びに行くと、おばさんが出てきて病気で遊べないと告げられた。そういうおばさんも、昨日《きのう》のカノンちゃんのような咳をしている。

（風邪の病が流行っているのかな）

そう思いながらカノンちゃんの家を去って、家に戻る途中で村の商店街を歩くと、ちらほらと閉店のお店がある。


――なんでも、奥さんが咳が止まらないらしいわよ。

――果物屋はご主人がやっぱり咳で倒れたらしいわ。

――雑貨店の双子の店長いるだろ？　どっちかわかんねーが、昨日はひどい咳だった。


そんな噂《うわさ》が耳に届いて、なぜか無性に怖くなった。

早く、家に帰らなくちゃと思って、必死に走って。

「お母さん………？」

そっと家のドアを開けると。

「お母さん！」

床にお母さんが倒れていた。

咳《せ》き込んでいるお母さんを支えてベッドに運んで、すぐにお医者様を呼びに行った。

「……なに、これ……」

走って行った医者の家の前は、長い行列。

その隣では、助手が咳止めの薬を売っていた。

「咳だけならこの薬で止まりますから、こちらをご購入ください」

何時間並ぶかわからないし、お母さんはあの状態ではここまで来られない。先生はいつもなら家まで来てくれるけれど、いまは無理だ。

咳止めの薬を買うだけでもたくさん並んだけれど、それでも買えただけましだった。

後から並んだ人の中には、買えなかった人もいたらしい。

薬のはいった小瓶を抱えて、来た時と同じぐらい必死に走って家についた時にはもう夕方で、さっきよりも咳き込んでいるお母さんに急いで薬を飲ませた。

「ありがとう、大分、楽になったわ」

そういうお母さんの顔色はまだ悪くて、咳が止まるまでずっとお母さんの背中を撫で続けた。

(早く治まって)

そんな風に祈っていたと思う。

数日経つと、あの騒動が嘘《うそ》のように咳き込む人々は減ったのだけれど、何人かはさらに重い症状に進んでしまった。咳だけではなく、身体に痣《あざ》ができていくのだ。

お母さんは、その何人かに当たってしまった。

咳止めの薬を飲んでも痣には効果がなくて、どんどん、お母さんはやせ細っていく。

黒く染まっていく痣は広範囲に広がって、顔すらも覆い始めた。

だから毎日わたしは祈った。

『お母さんを助けてください、お母さんをどうか助けて』


祈りながらお母さんの身体をさすり続けた。

お母さんが、わたしがさすると、痛みがおさまるというから。

気持ちの問題だと思うけれど、少しでもお母さんを楽にしてあげたくて、ずっとずっとさすり続けた。

お母さんを助けてください、って祈りながら。

目に見える変化が訪れたのは、一週間が経った頃だった。

「痣が、薄くなっている……?」

さすり続けた背中の痣が薄くなっている。

そして、お母さんが横になってからもさすっていた腕もだ。

痣が出てしまった人は、次々と亡くなっていった。

けれどお母さんは、それからさらに一週間経っても無事だった。

いま思えば、きっとわたしは治癒の力を無意識に使っていたんだと思う。

平民には珍しい、銀の髪を持つわたしなら、生まれつき治癒能力があっても不思議ではなかったから。

　薬は効かず、けれど無意識に使っていたであろう治癒の力も弱くて、痣を薄くすることはできても、治すことはできなかった。

　それからさらに一週間。

　治ってと、祈って祈って祈り続けて。

　お母さんのやせ細った腕を握りしめながら、病気の痛みから解放されて息を引き取るのを看取った。

　その、瞬間。

　目に強い痛みを感じた。

「な、に……っ?」

　体中が熱を持ったかのようになって、わたしはその場に倒れた。

　何日寝込んでいたのかは覚えていない。

　けれど村の人達がお母さんを埋葬してくれていたことと、生まれた時にはお母さんと同じ茶色かった瞳は、葡萄よりもワインよりも淡い宝石みたいな紫色の瞳に変わってしまっていたことだけはよく覚えている。

　村長もお医者様も、何度も王都に治癒術師の救援を求めていたのに何もしてくれなかった国は、わたしの瞳の色が紫に変わったという報告にはすぐに使いの者を寄越した。

村の共同墓地でお母さんと別れを告げると、わたしの意思など聞かれることもなく王都に連れてこられた。

そして聖女だと言われたのだ。

たぐいまれなる魔力と結界を張る力と、重い病すらも癒すことができる聖女として覚醒《かくせい》したのだと。

なぜ、と思った。

何度も思った。

どうして、お母さんを助けられなかったのか。

聖女として目覚めたというのなら、なぜあとほんの少し早く、目覚めさせてはくれなかったのか。

もう少し早かったら、きっとお母さんの病を聖女の力で癒せたのに。

それに、お母さんを、村のみんなを国が助けてくれなかったことも不満だった。

そういった気持ちは、きっと目や態度に出ていたのだろう。

『なんですかその目つきは。聖女だというのに卑《いや》しい』

『文字も書けないのですか。……はぁー、これだから平民は。ヴァニスカ様であればすべてにおいて完璧《かんぺき》であらせられるのに』

浴びせられる否定の言葉も、やりたくもない礼儀作法も、なりたくてなったわけでもない婚約者であるパーシバル様との会話も。

なにもかもが嫌だった。

先代聖女であらせられるシュアレーン様は、丁寧に結界について教えてくださったけれど、それだけだ。

毎日、祈りを捧げさせられる。

どれだけ勉強をしても、教師達の望むように上手《うま》くできなければ食事を抜かれる。

婚約者にされたパーシバル様は、毎日嫌味を言ってくる。

苦しくて仕方がなかった。

そんな時、わたしは、ラゼットに出会った。

作法を、勉強を、詰め込まれる日々だったけれど、庭に出ることは許されていた。

正面の庭園はパーシバル様や義妹《いもうと》になったヴァニスカ様に出会ってしまうから、わたしは裏庭の小さな庭に隠れるようになった。

裏庭は地味だと言って、綺麗なものを好む二人は近づかなかったから。

そんな唯一の憩いの場に突然現れた人影に、わたしはどう対応していいかわからなかった。

黒い髪、黒い瞳。全身真っ黒で、まるで影が動いているようで。

けれどとても綺麗な顔をした少年だった。

目に涙をためて空を見つめていたから、どこか、痛いのかなと思った。

だからわたしは声をかけた。

『どこか、痛いの？』

聖女として目覚めたばかりだけれど、治癒の力はその当時から強かった。

お母さんを無意識に癒し続けていたからだと思う。

だから、わたしなら治せると思ったのだ。

けれどラゼットは一瞬わたしの方を向いて、まるで何もなかったかのようにまた、空を見上げてしまった。

仕方ないので、わたしはラゼットの手を取った。

いまなら離れていても癒せるけれど、昔は相手の身体に触れていないと駄目だったから。

『君、何を』

『じっとしていて』

びくりと肩を震わすラゼットの手を離さずに、わたしはできるだけ微笑を浮かべて治療してみる。

身体のあちらこちらに小さな傷があって、わたしはそれを一つずつ治していく。

『……君。俺が、怖くないの……？』

『怖い？　痛いじゃなく？　怖くなんてないと思うの』

不思議なことを言う人だなと思った。

泣いている人を怖いと思う人は、いないと思ったから。

『そう…………』

空を見ていたラゼットの瞳が、わたしを捕らえた。

それから、わたしはラゼットによく会うようになった。

裏庭での、ほんの少しのおしゃべり。

ラゼットが王子様だなんて知らなかったから、お友達ができたと喜んでいた。

毎日辛《つら》いだけだった祈りを捧げる結界維持も、ラゼットを、お友達を守るものなのだと思ったら苦痛じゃなくなった。

一つの苦痛が収まると、苦手だった勉強も礼儀作法も、ずっとずっと上手くいくようになった。罵《のの》るだけだった教師達も、段々と褒めてくれるようになった。

でもそんな幸せは、やっぱり長く続かなくて。

『お前がヴァニスカの色を奪ったんだろ！　この偽聖女め！』

怒声と共に、パーシバル様に紅茶をかけられた。

どこからか、わたしの瞳が後天的に紫に変わった事実を知ったパーシバル様は、そんな風にわたしを罵った。

『戻せよヴァニスカに！　ほんとは何の変哲もない茶色い瞳なんだろっ！』

突き飛ばされて、髪を引っ張られた。

『痛いっ……っ』

『偽物の癖に！　ほんとは紫の瞳じゃないくせに！』

王子だから誰も止められなくて、わたしはパーシバル様の気が済むまで詰《なじ》られ続けた。

その日の授業は当然なくなって、しばらくの間わたしは自室に閉じ込められた。

唯一の楽しみだった裏庭の散歩もできなくなった。

外に出るとまた、パーシバル様に殴られるからだ。

「お母さんに、会いたい……っ」

好きで聖女になったんじゃない。

自分で瞳の色を変えたんじゃない。

王都になんて、来たくなかった！

鏡に映る紫の瞳が歪んで、涙がこぼれた。

こんな場所にいたくなくて、たくさん泣いた。けれどなにも変わることなく、わたしは、再び聖女としての教育を受けなくてはならなかった。

パーシバル様は、ことの次第を聞いた国王陛下にしばらくの間謹慎をいいつけられて、だからわたしはまた、出歩くことができるようになったのだけれど。

『お母さんからの、手紙……？』

そんなある日。

『ルーナに会えない間に、預かっていたから』

そういって、ラゼットがわたしに手紙を渡してきたのだ。

真っ白な封筒に入った、真っ白な便箋《びんせん》。

意味がわからなかった。

だって、お母さんは、もう亡くなっている。

わたしが看取ったのだ。

それでも、わたしを気遣う優しい文面が嬉しかった。

まるで、お母さんが本当に書いてくれているかのように思えた。

いまここに、自分を想ってくれる人がいることが嬉しかった。

亡くなっていなかったとしても、平民であった母が手紙を書くことなどできるはずがない。

文字など読めないのだ。

そして紙。

王族であるラゼットは、きっと気づかなかっただろう。

平民にとって、紙もまた貴重品。

ましてや、真っ白で光沢のある美しい紙に、インクで書かれた手紙など、手にする機会も少ないものなのだ。

また、王都から離れたわたしの故郷まで、馬で走っても一週間はかかる。

わたしがたまになら手紙を書くことを許されたとラゼットは言って、いつも手紙を受け取りに来てくれていた。

そして返事は、次の日に来ていたのだ。

誰が、手紙を作ってくれているのか。

気づかないわけがなかった。

◇◇◇◇◇

全部伝え終わると、ラゼットはぽつりと呟いた。

「……そんな、じゃあ、俺のしたことって」

青ざめた顔のラゼットに、わたしは首を横に振る。

「ううん、違うよ。本当に、嬉しかったの」

わたしを想ってお母さんの手紙を作ってくれたことが、本当に嬉しかった。

だからずっと、肌身離さず持ち歩いていた。

ラゼットが想ってくれていることが、いつもわかって幸せだった。

影小人を喜んだのも本当だ。

ラゼットは視られているのを嫌がるのではと心配していたけれど、そんなことはなかった。

わたしが最初に感じた気持ちは、嬉しさだった。

いつでも側にいてもらえるのだという安心感。

（もう、自分の気持ちをごまかせないよね……）

たぶんずっと、本当は気づいていた。

でもわたしはパーシバル様の婚約者にされていたから、お友達として好きなのだと思い込んでいた。

けれどこの気持ちは違うのだ。

他の誰かに視られていたら、監視されていたらわたしは嫌悪と不安でいっぱいになっていただろう。

ラゼットだから、安心できるのだ。影小人に見守られていて、一緒にいられる嬉しさを喜べたのだ。

「ラゼットがいてくれたから、わたしは頑張れたの」

真っ直ぐに見つめ返すと、ぐいっと手を引かれて抱きしめられた。

ラゼットの心臓の鼓動が聞こえる。何度も魔力譲渡で抱きしめられていたけれど、それとは違う温かさを感じた。

（ずっと、このぬくもりを感じていられたらいいのに）

ラゼットと、ずっと一緒にいたい。

聖女でなくても王子でなくても、ただのルーナとラゼットという何の肩書もない二人で、幸せに過ごしていきたい。

ラゼットの背に腕を回し、抱きしめ返す。

「ルーナを……必ず俺が守るから」

「うん」

「絶対、冤罪《えんざい》を晴らして見せる」

自然と涙が溢《あふ》れてくる。

わたしは、ラゼットが好きなのだ。ずっとずっと好きだったのだ。

大事なお友達だと思っていた。

似たような境遇に置かれた同志だと。

けれどそれは違っていた。

わたしはパーシバル様の婚約者だからと、無意識のうちに気持ちを抑え込んでいたのだろう。

零《こぼ》れた涙をラゼットが拭《ぬぐ》ってくれて、わたしは精一杯微笑んだ。

結界巡礼を成功させて、王都に堂々と戻ろう。

ラゼットを守りたいのだ。

彼がわたしを守ってくれるように、わたしも彼を助けたい。

そのためにも、必ず結界を国中に張り巡らせてみせる。

◇◇◇◇◇

「……王都に一番近い初代聖女像の所にいるようだな」

ラゼットがヴァニスカ様に付けた影を探って位置を特定する。

「あれから、二週間も経っているのに？」

初代聖女像は十二か所にある。

わたしがここ二週間で回った初代聖女像は八か所。ヴァニスカ様が向かっている聖女像と合わせるとあと三か所になる。

ヴァニスカ様は出発が遅れたのだろうか。

（……流石に、一か所も祈りを捧げられないほど魔力が足りないことはないよね？）

彼女は公爵令嬢だ。

この世界では黄緑や橙色、水色といった鮮やかな色の髪を持つものは大抵高魔力保持者だ。

そして金や銀の髪は美しいけれど、魔力自体は貴族であるならばその爵位に応じた相応の魔力となる。聖女でなければ、平民のわたしの魔力はいまよりもずっと少なかったはず。

もちろん、努力して魔力を底上げすることはできるけれど、ヴァニスカ様は努力や学ぶことはお嫌いだ。

彼女が好きなのはパーシバル様と美しい宝石やドレス、流行のものだ。

「揉《も》めているのか？」

不穏な気配を感じ取ったラゼットが、影を空間に広げて映像を映し出す。

浮かび上がった映像の中にはヴァニスカ様とパーシバル様、それに大勢の侍女と騎士達がその側に控えている。

向かい合っているのは、ザダラック村の村長だ。

額にかいた大粒の冷や汗をハンカチで拭いながら、とても困っているようだ。

『歓迎パーティーが催されないなんておかしいでしょう！　わたくしは聖女なのよ！』

『で、ですから、いつも通り宿のご手配はさせて頂いております……』

『あの安っぽい宿にまさかわたくしを泊まらせる気？　馬鹿《ばか》にするのも大概にして頂戴《ちょうだい》。ルーナの時は歓迎していたんでしょう？　あの女、結界巡礼に行く時はいつも嬉しそうにしていたし！』

ぴしりとヴァニスカ様は扇子を鳴らす。

でもそれは、ヴァニスカ様の思い違いだ。

わたしが嬉しかったのは、歓迎会があるからじゃない。

パーシバル様と離れていられるのが嬉しかっただけだ。

『お前はまさか聖女を蔑《ないがし》ろにしているのか？　このパーシバル第一王子の大切な婚約者を！』

パーシバル様も苛立《いらだ》たし気に鼻を鳴らし、ザダラック村の村長はもう倒れてしまいそうだ。

『あ、あの宿はこの村で一番いい宿です！　お部屋ももちろん最上級のお部屋を取らせて頂いております。聖女様を馬鹿にする意図など、決して！』

『ならばお前のすることはわかっているな？　今すぐ宴《うたげ》の準備をしろ！　そしてその間に聖女ヴァニスカに相応しい部屋を準備するんだ。できなかったらお前の首が飛ぶと思え！』

『は、はいっ、すぐにご手配をさせて頂きますっ』

真《ま》っ青《さお》な顔をした村長が、よろよろと走り去っていく。

「……あいつらは何をやっているんだ」

ラゼットが呆《あき》れたような、困惑した声を漏らす。

わたしが結界巡礼を行う時は、宿があれば十分だった。

護衛と身の回りの世話をしてくれる使用人も、最低限の少人数で移動していた。

それなのに、急に団体に押し寄せられたのだ。

何の準備も間に合わないのは当然だし、連絡すらしていなかったのは非常識だ。

映像に映し出される村人達も、ヴァニスカ様達を困惑の表情で見つめている。

けれど決して目を合わせないようにそらし、遠巻きにしている。

そしてそれは、ヴァニスカ様の機嫌の悪さを加速させているようだ。

『なによ、みんなに歓迎されていないなんておかしいわ！　わたくしは聖女よ？　もっと村をあげて歓迎するべきでしょう』

『そうだな。いままで来ていたのが平民上がりのあの偽聖女だったから、真なる聖女への接し方がなっていない』

『ルーナごときなら歓迎会も何もいらないでしょうけれど、このわたくしを前にして宿だけ用意してあるなんていいきれる無能な村長なんて、いらないのではないかしら』

『もっともな意見だ』

パーシバル様が同意するのを、側近が止めた。

『恐れながら申し上げます。ヴァニスカ様が聖女となられてまだ日が浅く、通達が上手くいっていなかったのではないでしょうか』

『ふむ……。確かにルーナを出迎えようとしていたのなら、仕方がないことではあるのか』

『あの様子ならすぐに歓迎会を準備するでしょうし、替えの宿屋がないなら自分の屋敷へ招くはずです。ここは往来ですし、ヴァニスカ様もお疲れでしょう。用意が整うまで、仮の宿で休まれるのはいかがでしょうか』

側近の言葉に一応は納得したパーシバル様は、側近を筆頭に用意された宿のほうへヴァニスカ様と共に歩いていく。

「……あの側近は父上の部下だ。結界巡礼のためについて来ているんだな」

言われてみれば、パーシバル様の側にいつもいる人達ではないようだ。

結界巡礼を滞りなく進めるためには、パーシバル様が耳を傾ける相手が必要だと陛下は判断したのだろう。

(取り巻き達では、同調するだけだものね)

第三王子のトライトレ様の側近達は皆、対等に意見を交わし合う関係なのに、パーシバル様の側近達はパーシバル様の機嫌を損ねないことこそが第一という感じで、いつでもパーシバル様に頷くだけだ。

結界巡礼について来ていないのは、陛下の指示だろう。

王都の側だから村の宿屋もとても大きいけれど、あの大人数を収容できるだろうか。

側近の方が上手く事態を収めてくれることを祈ろう。

「本当に横暴な方達ですね。イライラするっす」

いつの間にか側に来ていたメルさんが、不機嫌そうに呟く。

「メル。間違っても当人達の前で態度に出すなよ?」

「わかってますよ。第一王子と公爵令嬢に盾突くほど命知らずじゃないんで。でも、あーもう、見ててイライラするなぁ！」

わしゃわしゃと金髪をかきむしって、メルさんは呻《うめ》く。

そんなメルさんを見ていると、なんだか和んでしまった。

「この村の側に初代聖女像はあるはずだが、ヴァニスカ達はいつ頃そこに向かうつもりなのか……」

「ザダラック村の場合は村の中にあるの。噴水の中心よ」

「それならすぐに祈りを捧げられるのか。あの様子じゃ数日は居座りそうだし、先に残りの二か所を回っておこう」

ラゼットの意見に賛成だ。

王都から一番近い初代聖女像なのだから、多少祈りが遅くとも結界が破れる心配はないだろう。残りは二か所で、こちらも王都から近いのだから、すぐに祈り終わるはず。

――この判断を後悔するのは、そう先のことではないのだけれど。この時のわたし達にはわからなかった。

◇◇◇◇◇

「なにが起こっているんだこれは……」

転移した先で、ラゼットは鎌を構えてわたしを背に庇《かば》う。

残る二つの初代聖女像はオオボノ村とバーダ村。

オオボノ村の結界はほぼ薄くなっておらず強度が保たれていたので、普通の祈りを捧げてそのまますぐにこちらのバーダ村に転移してきた。

けれど目の前に広がる光景に、心臓が嫌な音を立てる。

「結界は、これ、まさか壊れてるんすか……？」

恐る恐るメルさんが聞いてくるけれど、わたしは首を横に振る。

結界はある。

けれど歪な結界は、所々に局所結界を作り出している。

わたしが魚を取って入れた小さな結界が、大きな結界の中にあると思ってもらえればいい。

ただし、閉じ込めたのは水ではなく、瘴気だ。

「なぜ、人々が、倒れているんですか……」

ダダワさんが厳《いか》つい顔をさらに険しくして、剣の柄にかけた手をもう一度握りしめる。いつでも抜ける体勢だ。

道端のいたるところに人が倒れ、荒い息を繰り返しているのだ。

一番手前にいた人に駆け寄り、治療を施してみる。原因ははっきりわからないが、このままにしておけないことだけは確かだ。

(病？　それとも、魔物が出ているの？)

魔物に襲われたなら、死人で溢れていそうだ。けれどまだ、みんな苦しげではあるものの生きている。

とりあえず、癒しの魔法を広範囲に放っておく。

ぐぐっと魔力が抜ける感じがする。村を覆うように放った治癒魔法だけれど、完治した気配ではない。

「ラゼットにならわかる？　これ、ただの病じゃないみたいなんだけれど、魔物？」

「病を振り撒《ま》く魔物はいるにはいるが、この状況は聞いたことがない。未知の魔物か……？」

数々の魔物を見てきたラゼットですら、困惑している。

いつでも戦えるように、みな、戦闘態勢に入ってもいる。

ラゼットとわたしは、魔力を周囲に伸ばして状況を探った。

治癒魔法は放ったけれど、魔物の気配は感じないのだ。

既に魔物が移動した後なのか、それとも――。

「……わかった。これ、瘴気が濃すぎるの！」

ぱっと顔をあげたわたしに、みんなが真剣な眼差《まなざ》しを向けてくる。

魔物じゃない。

瘴気が集まれば魔物になるけれど、そうではないのだ。

結界の中だから魔物にはならず、けれど滞って凝り固まって凝縮されていっている。

こんなにあったら危険なものだ。

「瘴気が原因なのか？」

「うん。ヴァニスカ様の結界は、歪んでいて均等な厚みじゃないの。それと、そのせいなのか、ところどころに局所結界ができていて、その中に瘴気が溜《た》まってしまっているの。溜まったままならよかったのに、増えていく瘴気に局所結界が持たなくて、壊れてる。その凝り固まった瘴気を浴びて、みんな、病のようになってしまったんだわ」

バケツの水を想像してみてほしい。雨漏りの下に置いたバケツを。

最初は、少しぐらい雨が溜まっても問題ないだろう。

けれどそれがバケツ一杯に溜まったら？

捨てることもせずに、そのまま置いておいたら？

ギリギリまで表面を膨らませた雨水は、ほんの少しの刺激で破裂し、外に溢れ出すだろう。

さらにその状態でバケツが壊れたら、あとはもう大惨事だ。

「ルーナなら癒せる？」

鎌を下ろしたラゼットに、わたしは頷く。むしろ瘴気が原因なら、わたしにしか癒せない。

「なら、広場に村人達を転移させて集める」

ぶわりとラゼットの影が広がり、村の地面を一気に影で埋め尽くしていく。

そのままラゼットは村の中に走っていく。

(広場の場所はわかっている。わたしがそこに行けば、ラゼットはわたしを目印に村人達を運んでくれるはずだわ)

道端でうずくまっていた人、壁に寄りかかりぐったりとしていた人、逃げるように走っていた人を、次々と影が呑《の》み込んでいく。

あちらこちらで恐怖の悲鳴が聞こえているが、説明をしている暇などない。いまは一刻も早くこの状態を癒さなければ。

「みんなの身体に防御結界を張ります。しばらくは瘴気に触れても大丈夫です。この村で瘴気が溢れてまだ間もないと思う。みんなを助けるために、協力してください！」

「わかった、具体的には何をすればいい？」

「ラゼットが村人を一気に転移してくれるから、メルさんには動ける方への事情説明をお願いします。重症の方から急いで治療を施していきますから、ダダワさんは簡易の寝床を沢山作ってください。治療が終わってもすぐには動けない方もいるでしょうから、宿屋と治療院への交渉はヴァーエさんにお願いします」

三人とも、なぜといった疑問もなく即座に動いてくれる。

団長でもないわたしの指示でも聞いてくれるのは、短い間とはいえ一緒に過ごしたからだろう。信頼してもらえているのだ。

わたしは急いで村はずれの広場へと走る。

(どうか、間に合って)

広場につくと、すぐにラゼットの影が出現する。

わたしの肩にぴょこんと影小人が出現して、うんうんと頷く。

（よし、どんどん治療していくよ！）

影の中から、次々と広場に村人が現れる。

訳がわからず困惑している村人にはメルさんが説明にあたり、わたしはぐったりとうずくまっている人に駆け寄り、浄化魔法を使用する。

うずくまる背に手を当て、じっくりと身体に魔力をまとわせ、状態を確認する。

（……やっぱり、間違いないわ。瘴気が身体を蝕《むしば》んでる）

息が苦しそうなのは、胸に瘴気が多く溜まってしまっているからだろう。

「怖いかもしれませんが、どうかお気を確かに」

うっすらと目を開けた村人の手を握り、わたしは浄化魔法を使う。

シュワシュワと音を立てて浄化の白い泡が包み込み、村人の特にひどく瘴気に侵された胸の部分から、白い泡は紫色に変化していく。

――――く、黒い化け物が、化け物がっ、わたしの主人を！

――――落ち着いてください。化け物ではありません。この影は味方です。味方だって言ってるっすよ！

紫色に変わった泡が消え去ると、瘴気に侵されていた村人の顔に生気が戻ってくる。まだ立ち上がれそうもないが、命に別状はないだろう。

ラゼットの影が敷き詰められた広場には、影の中から次々と村人達が現れてくる。

村を駆け回って、怯える人々を集めてくれているのだ。


――いやよ、殺されるわっ、黒い影に呑み込まれて！

――おかぁさん、影が動くよ！　怖いよ怖いよぉっ。

――だからっ！　それは味方だって説明してるっしょ。

――身体中が気持ち悪い……影が身体に……。

――こっちくるな化け物ぉ！


ラゼットは広場にはいない。

あちらこちらからあがる影への誹謗《ひぼう》中傷に、苛立ちがこみ上げる。

わたしの肩に影小人がいるけれど、聞こえている様子がなさそうなことが救いだ。けれど村人達に無性に腹が立つ。

村人達の勝手な叫びを無視しながら、わたしは身体の半分が変異し始めた村人に駆け寄る。

通常ならありえないことだが、集められすぎた瘴気が怪我《けが》から入り込み、魔物のように変異させてしまっている。

「あ、あっ、俺の、身体が……っ」

「暴れないでください。貴方の身体は元に戻ります」

「嘘だ嘘だこれは魔物がとりついているんだ、俺は死ぬんだ！」

「あっ！」

思いっきり突き飛ばされた。

けれどわたしは地面に倒れることなく、何かに支えられた。

「ラゼット？」

影だ。

ラゼットの影が、クッションのように部分的にふわっと丸まってわたしを抱き止めてくれた。

そして暴れる村人を、影が縄のようになってシュルシュルと縛り上げて拘束する。

「ラゼットありがとう！」

側にはいなくとも見てくれているのだ。わたしの肩には影小人がいる。

うんうんと、影小人がわたしに頷いた。

クッションになってくれた影にもお礼を言って、わたしは暴れられなくなった村人に浄化魔法を施す。

さっきの人と同じように、シュワシュワと白い泡が変異し始めた部分を重点的に浄化し癒していく。

自分の身体が元に戻っていくのを見ていた村人は、暴れるのをやめて大人《おとな》しくなった。

猫の時と同じで、瘴気に侵された影響で攻撃的な精神状態にされていたのかもしれない。

「痛いところはありますか？」

「あ、あぁ……もう、大丈夫だ……」

「もし動けるようでしたら、動けない方を支えてあげてください。それと、影にお礼も忘れずにお願いします」

「か、影にお礼？」

「えぇ」

「そ、そうか、よくわからないけれど、あんたがそういうなら。助けてくれて、ありがとう」

村人は困惑しながらも、ラゼットの影にお礼を言ってくれた。

影が照れたようにくねくねっと動く。

よかった。

突然の転移で混乱していた人達も、メルさんの説得や先に治療された人達の説明で大分落ち着きを取り戻しはじめた。

おかげで、浄化と治療は思ったよりも手早く済ませることができた。

あとは、歪な結界を正すようにわたしが結界を張り直す。初代聖女像へも祈りを捧げに行けば、この現象が再発する心配もないだろう。

とぷんっ、と影が揺らいでラゼットが出現する。

「全員転移できたと思うけれど、どうかな……」

「ありがとう、みんな無事だよ。ラゼットも何ともない？」

「俺は元々瘴気の影響は受けていないからね」

そういう意味じゃなかったんだけれど、ラゼットは元気そうだから特に否定しない。

「……あと。村人のお礼は、嬉しかった」

思わずぱっと振り返って、ラゼットを見上げた。

ほっぺたが少し赤くなっている。

「うん。だって本当に、ラゼットのおかげだからね」

ラゼットが自身の影で一気に村人を集めてくれなかったら、たぶん手遅れになっていた。

王都に近い村だから、一人で走り回って浄化と治療を施すには範囲が広すぎるのだ。

一軒一軒説明しながら回っていたなら、一日中かかっても終わらなかっただろう。

「聖女ちゃん！　もう村人達って家に帰しても大丈夫かい？」

「メルさん！　ずっと説明と介抱をありがとうございました。ええ、もう大丈夫です」

「了解！　じゃあまだ本調子じゃない奴を宿屋に送ってくるんで。なにかあったら影で即座に回収してもらえれば」

へらっと笑ってメルさんは村人達に解散と、治療はされていてもまだ不安定そうな人を集めて宿屋に先導していく。

くらっと視界が揺らいだ。

「あっ、と？」

「また無理をしたね……」

ラゼットが倒れるわたしの身体を支えてくれる。

意識はあるのにもう身体は指一本動かせない。魔力切れだ。

「わざとじゃ、なかったんだけれど」

やってしまった。

目が回るし、声を出すのも辛い。

「わかってる。あとの始末はやっておくから、いまはゆっくり、休んで」

ラゼットに抱きかかえられながら、わたしは追ってきた眠気に身を任せて意識を手放した。

◇◇◇◇◇

翌日。

目を覚ましたわたしはラゼットに背中から抱きかかえられていた。ベッドの上でだ。

「ラゼット!?」

飛び起きようとして、逆にぐっと腕に力を込められる。

「目を覚ましてくれてよかった……」

そういうラゼットの目の下にはうっすら隈《くま》が浮かんでいる。顔色も真っ青だ。

え、なにがあったの？

「三日間目覚めなかったんだ……このまま目覚めなかったらと思うと……」

さらにギュッとわたしを抱きしめて、そんなことを言う。

三日間も目覚めないって、わたしはどうなっていたんだろう。

「と、とりあえず、腕を離してもらえる？　起き上がれない」

「ん……」

渋々といった感じで、ラゼットがわたしの身体を離して起き上がる。

わたしも起き上がろうとしたら、肩をぐっと押されてベッドに戻された。

「少し、じっとしていて。朝食を持ってくるから」

「自分で持ってこられると思うけれど……」

呟いた瞬間、漆黒の瞳がすっと細められた。

「いうことを聞いて」

「ハイ……」

威圧感がすごくて、思わず頷いてしまった。

部屋の様子からして、ここはバーダ村の宿屋だろう。

すぐに戻ってきてくれたラゼットは、わたしをベッドから少し起き上がらせて、背中にクッションをはさんでくれた。

そして気づく。意外と身体にまだ力が入らない。

なるほど、わたしの魔力切れはいままで以上に危険な状態だったらしい。

ラゼットはベッドの脇《わき》に座って、朝食のお粥《かゆ》をスプーンに掬《すく》う。

「はい、あーん」

「……自分で、食べられると思うのよ?」

力が入らないとはいえ、流石に自力で食べられないというほどではない。

「俺が食べさせたいんだよ」

昏い瞳で言われると言い返せない。

きっと、ラゼットは眠れていない。わたしの意識が戻らない状態では、眠ることなどできなかっただろう。

わざと気を失ったわけではないけれど、ここは大人しくいうことを聞いておこう。

恥ずかしさをこらえて、パクッと一口食べると、ラゼットがとても嬉しそうに笑う。

「美味しい?」

「うん、とっても」

頷いた瞬間、ラゼットの顔がぱあっと明るくなった。

「俺が作ったんだ」

「ラゼットが？」

「そう。野営で作るからね」

「すっごく美味しい！　ありがとう」

下ごしらえだけ先に済ませて、わたしが目覚めたら温め直してすぐに出せるようにしておいてくれたらしい。

戻ってくるのが早かったものね。

お粥を食べきると、なんだか身体がぽかぽかとしてきた。魔力切れで意識がなかったせいか、身体も随分と冷えていたらしい。

(自覚がなかったけれど、指先なんかまだ冷たいよね。ラゼットが青ざめるわけだわ)

抱きしめられていたことには驚いたけれど、眠らずにずっと魔力を流し続けてくれていたのだとわかる。

でもわたしはあの時、広場で初代聖女像の所に行く前に意識を失ってしまった。

早めに祈りを捧げに行かないと、結界の強度が不安だ。

「今日は一日ゆっくり休んで英気を養って」

そんなわたしの思考を読んだのか、ラゼットに釘《くぎ》を刺されてしまった。

『でも』

『でも、じゃない。ルーナの魔力は完全に枯渇する寸前だったのだから、回復までまだ時間がかかる。最低でも今日一日はゆっくりして。どちらにせよ、魔力が回復しなければ初代聖女像への祈りは捧げられないのだから』

それはそう。

ヴァニスカ様の結界がこれほど歪だとは思わなかった。王都に近いからと油断していたといってもいい。辺境ぐらいに魔力を強く籠めないと危険かもしれない。

それに……。

『ラゼットも、ちゃんと眠ってね？』

「……………眠ってる」

「目をそらさない！　ちゃ・ん・と！　眠って！」

ラゼットの顔を両手で包んで、ぐいっとわたしに向ける。

三日間絶対に寝ていない。確信できる。

「わかった、きちんと寝てくる」

渋々頷くラゼットにほっとする。

わたしもまだなんだか眠いのだ。お腹《なか》がいっぱいになったからかもしれない。

部屋を出ていくラゼットを見送って、わたしは再び眠りについた。

「これは、どういうことなんだろう？」

一夜明けて、宿屋の一階に集まったわたし達は、ラゼットの映し出した影に映るパーシバル様達を見て首をかしげていた。

バーダ村の宿屋も一階が食事処兼談話室のようになっていたから、局所結界を張って映像を見ている。

「同じ村にい続けるとはね……」

映し出したラゼットですら困惑している。

ヴァニスカ様がまだ行っていなかったオオボノ村では一日しか過ごさなかったし、バーダ村へはすぐに転移してきた。

わたしが意識を失っていたのが三日間で、一日ゆっくり過ごしたから合計五日間。

それだけの時間があって、なぜまだザダラック村にヴァニスカ様達がとどまっているのか。

「結界が張れなかったんじゃないっすか」

「メル、流石にそれは……」

ヴァーエさんがメルさんを嗜《たしな》めたけれど、映像から聞こえてくる声を聞いていると、どうやら本当にそうらしい。

『なによ、みんなに歓迎されていないなんておかしいわ！　聖女よ？　由緒正しいシルフォニア公爵家よ？　そのわたくしが結界を張ってあげているのに、平民聖女のルーナよりも結界が弱い？　わたくしの方が劣るなんてありえないわっ』

ヒステリック気味にわめいているのはヴァニスカ様だ。初代聖女像に捧げる魔力が足りないなんてありえない。頭をかきむしる勢いで叫んでいる。

『あぁ、わかってる、これはなにかの間違いだ。きっと、ルーナが去年に手を抜いていたんだよ。そのせいでヴァニスカが苦労しているんだ』

『えぇ、えぇ、そうでしょうとも！　なのにこの村の奴らときたら、わたくしへの態度がなってないわ！　開かれた歓迎会だって、我が家のお茶会よりも質素でとても耐えられたものではなかったわ』

悔しげに涙ぐむヴァニスカ様を、パーシバル様が優しく抱きしめる。

『本当にな。わざわざヴァニスカが足を運んでいること自体が光栄なことだというのに、ルーナごときと比べるなんて』

心底可哀想《かわいそう》だというように慰めているけれど、ちょっと待ってほしい。

公爵家で開かれるお茶会と、平民の村での歓迎会を比べるのはあんまりではないだろうか。

ましてや、ヴァニスカ様のわがままで突然要求されたのだ。

常に最高級の品質をそろえている公爵家ならばまだともかく、何の準備もできなかったザダラック村の村長ができる歓迎会は、推して知るべし。

「この新聖女様は本当にわがままっすね。夜会みたいな派手なドレスで村を訪れるのもおかしいし、公爵家のお茶会と平民を比べるなんてどうかしてるっすよ」

「ザダラック村の村長とは以前話したことがありますが、とても誠実な方です。貴族に詰め寄られたなら、私財をなげうってでも精一杯歓迎したことでしょう。それを、こんなに人の目があるところで貶《けな》すなんて」

ヴァーエさんも呆れているけれど、本当にそうだ。

局所結界も張らずに、ヴァニスカ様は文句を声高にいっているのだ。周囲には当然多くの村人の目がある。

映像の後ろに映る村人達の視線の冷ややかさは、もはや氷点下。貴族であることがわかっているからなにも言えないだけで、早く立ち去ってほしいのが本音だろう。

「……結局のところ、結界は張れたのだろうか」

ぽつりと呟くラゼットに、わたしははっとする。

パーシバル様はわたしが手を抜いていたのだというけれど、そんなことがあるはずがない。なのにヴァニスカ様ができないのなら、初代聖女像に捧げる魔力はヴァニスカ様お一人では足りていないのだ。

つまり結界は張れていない。

王都の近くなら結界が厚いという前提条件は、すでに崩れている。ヴァニスカ様の結界式の結界は歪な形を成していたのだから。

「あっ……！」

映像の中でぐちぐちしていたヴァニスカ様が、顔をあげる。

『どうした？』

パーシバル様が尋ねるが、ヴァニスカ様はただ一点を見つめる。

映像がヴァニスカ様の視線の方にくるりと向きを変えた。

『結界が、破れたわ……っ』

空に亀裂《きれつ》が走る。

ぴしりという音が聞こえそうなほど、大きくて深い傷跡だ。

『あっ、あっ！』

『ヴァニスカ落ち着くんだ。結界はお前にしか張れない。集中して修復するんだ！』

『無理よ、結界が破かれるなんて聞いたことないっ。ルーナはなにをしていたのよ！』

『くそっ、あいつはどこまで無能なんだっ。急いで修復してくれ！』

『だから無理ですと言っているでしょう！　こんな風に破れた結界なんてどう直せばいいのかすらわからないわ。全部全部ルーナのせいよ！』

どこまでいってもわたしのせいだとしか思わない二人に、怒りよりも悲しくなってくる。

そんなことよりも、早く結界を閉じなければいけないのに！

「ラゼット。いますぐわたしをあの場所へ連れて行ってもらえる？」

「あんな奴らを手伝うのか」

「違うよ。助けるのは村の人達だよ。結界が破れたんだから急いで塞《ふさ》がないと、どんどん魔物が発生しはじめるわ」

最悪の事態は結界が大きく裂けていき、修復できなくなること。

ザダラック村は王都にほど近い。

ここの結界の穴が広がれば、王都にも確実に影響が出るだろう。

「え、なになに、俺には見えないけれど結界が壊れたの？　待ってそれってもしかして王都の俺の婚約者ちゃんも危険じゃん！」

「えぇ、そうです」

「団長！　俺達も連れてってください。いますぐ！」

「……迷っている暇はなさそうだな。全員いますぐ準備しろ」

「「はっ！」」

王宮討滅騎士団の面々が即座に動く。

(どうか、間に合って)

わたしは祈るような気持ちで、ラゼットの影に包まれた。

【五章】魔竜と聖女

「伏せろっ！」

ラゼットの影で転移した瞬間、わたしは横抱きに抱えられた。

瞬間、ごうっと炎がすぐ横を走っていく。

なぜ、とは言わない。

結界が破れたのだ。

小さな解《ほぐ》れとはいえ、既に魔物が出現していても何もおかしくない。

「っ！」

「ヴァーエさん！」

わたしは魔力を飛ばして、負傷したヴァーエさんの右腕を即座に完治させる。

焦げた軍服の袖《そで》はそのままに、ヴァーエさんの腕は元に戻った。

「すまない、避《よ》け損ねた」

「いいえ、大丈夫です。わたしのほうこそ、先に防御結界を皆さんに張ってから転移してもらうべきでした」

そう、迂闊《うかつ》だった。

結界が破れたのを見ていたのに、急いでザダラック村に来ることを優先してしまった。

祈りと共にみんなに防御結界を張る。

「うっわ、もう魔物が出てるとはね！　さくさく倒していくっすよ！」

メルさんが慌てもせずに魔法弓を射る。

眉間《みけん》を射られた火焔獣《かえんじゅう》は一瞬で屠《ほふ》られ、魔石に還《かえ》っていく。本来の弱い火焔獣だ。ヨヘナ村のように中級魔物に変異してはいない。

（ヨヘナ村よりはまし？　でもすぐに同じようになるわ）

結界が薄いのではなく、穴が開いているのだから。

ラゼットの背に守られながら、わたしは周囲に魔力を伸ばす。

ヴァニスカ様達はどこにいるのだろう。

「助けてっ、助けてーーーーーー!!」

半狂乱の村人がわたし達に突撃してくる。

背後には蔦《つた》のような魔物がいる。

ひゅんっと蔦を鞭《むち》のようにしならせて村人を攻撃するが、即座にヴァーエさんが飛びかかって剣で薙《な》ぎ払う。

「団長！　避難民を誘導します」

「ヴァーエさん、それなら初代聖女像へ！　この村の北にあります」

頷《うなず》いて、ヴァーエさんとメルさん、ダダワさんが逃げまどう村人達の誘導に入る。

この村の初代聖女像は、まだ結界の力がある。

ヴァニスカ様の魔力不足で弱ってもいるし、村の周囲の結界に穴が開くほどだけれど、それでも聖女像の側《そば》はまだ守られている。魔力を広げたからわかるのだ。

「俺《おれ》の影もつける」

ラゼットがひゅんっと影を三人に飛ばすと、影は三人をそれぞれ守るように人化する。影小人とは違って、等身大のそれは防衛特化のようだ。

これで村人達はある程度守られる。

ラゼットが影でバーダ村の時のようにザダラック村を覆いつくさないのは、大量の魔力を消費するからだ。

既に魔物が出現している以上、魔力を大量に消費するのは戦えなくなって危険だ。

(居たっ、でもなんであんなところに!?)

魔力で探っていると、ヴァニスカ様達を発見できた。

でもその場所は初代聖女像の側でも、破れた結界の場所でもない。真逆の南西だ。

「……まさか、逃げ出そうとしているの？」

知らず、口に出していた。

「ありえないことじゃない。あいつらに責任が取れるとは思えない」

驚くこともせずに言い切るラゼットに、あぁ、やっぱりと思ってしまうわたしがいる。

パーシバル様もヴァニスカ様も貴族至上主義だ。

平民は、価値のない存在。

そんなものを守るより、われ先に逃げ出すのは当然だった。

けれどヴァニスカ様もパーシバル様も、南西の村の出口で止められているようだ。

(っ⁉)

探っていたヴァニスカ様の魔力が大きく乱れた。

「急ごう！」

ラゼットも気づき、わたしを影で包み込む。

即座に転移した先では、ヴァニスカ様とパーシバル様が何体もの骨の魔物であるスケルトンに襲われていた。

咄嗟《とっさ》に物陰に二人で身を隠す。

(そうか、ここは墓地の側だったのね)

瘴気《しょうき》が流れ込み、墓地に眠っていた村人の骨が魔物化してしまったのだろう。

大勢引き連れていた侍女達を守りながら護衛騎士達が応戦しているが、押されている。

(なぜ浄化魔法を使わないの？)

学ぶことがお嫌いなヴァニスカ様は、けれど聖女という肩書に強い執着を持っている。治癒術師では使えず、聖女であるからこそ使える浄化魔法は、自身の力を他者に見せつけたいヴァニスカ様にとって魅力的な魔法のはずだ。

（まさか、使えない？　それとも、死霊系には浄化魔法が有効であることを知らない？）

スケルトンを見たのは初めてであっても、属性は見てわかるはずだ。聖女として厳しく学ばされたわたしでなくとも、獣系や精霊系など、見た目でわかる魔物は多いのだ。

赤紫の瞳《ひとみ》を持つヴァニスカ様なら、浄化魔法を使えるはず。

けれど彼女は、自分とパーシバル様の周囲に歪《いびつ》な結界を張り巡らせるだけで何もしていない。

パーシバル様もヴァニスカ様も騒ぐだけでこれといって有効な攻撃ができず、護衛騎士の一人がスケルトンに切り捨てられた。

「何をやっているんだ愚か者！　俺達を守るべき存在がやられるな！」

瞬間、パーシバル様の怒声が飛ぶ。

ヴァニスカ様も汚らわしいものを見るような目で「ふんっ」と鼻を鳴らすばかり。二人とも助ける気などさらさらないようだ。

血まみれの護衛騎士を見ていられなくて、わたしは魔力を飛ばして治癒を施す。

「そこにいるのは誰《だれ》だ！」

パーシバル様の鋭い声が飛ぶ。

ぐっと、足がすくむ。
いつもいつも殴られてきた。
怒鳴りつけられてきた。
そして、魔の森に捨てられた。
彼の声を聞くだけで恐怖が身体《からだ》を支配するのだ。大っ嫌いなのに、逆らえない。
あれほど楽に操れていた魔力が揺らぐのを感じる。
(駄目だ、みんなを助けられなくなっちゃう!)
うずくまりたい衝動を、けれど優しい声が守ってくれた。
「一人で耐えなくていい。一緒にいよう」
そっと、肩に手を添えられた。
「ラゼット……」
見上げた彼が、頷く。
乱れた魔力が元に戻るのを感じた。
大丈夫。
わたしにはラゼットがいる。
「うわっ!」
叫び声に物陰から飛び出すと、パーシバル様がスケルトンに襲われている。

侍女も護衛騎士も、パーシバル様を助けようと必死に戦っている。

『あんた達！　わたくし達をちゃんと守るのよっ」

「お前達それでも護衛騎士か!?　全然倒せていないじゃないかっ」

パーシバル様とヴァニスカ様が口々に護衛騎士を詰《なじ》るが、あんまりだ。

彼らが精一杯戦っているのは、見てわかるだろうに。

ヴァニスカ様もなぜ治癒魔法を使わない？

護衛騎士達も侍女も貴族階級の出身だ。平民であるわたしは蔑《さげす》んでも、同じ貴族である彼らは癒すべき相手ではないのか。

「いいか、お前達！　そのまま時間を稼ぐんだっ。ヴァニスカはこっちだ！」

言いながらパーシバル様はヴァニスカ様の手を引いて走り出す。

（え、嘘《うそ》でしょう？　護衛騎士達を置いて自分達だけ逃げるだなんて！）

目の前で起こった光景が信じられない。

満身創痍《そうい》の護衛騎士達はそれでも逃げずに、パーシバル様達と魔物の間に立って剣を振るい続ける。

あんまりだ。

いま目の前で彼女達を庇《かば》った護衛騎士を使い捨てたのだ。

わたしは咄嗟に護衛騎士達に向かって局所結界を張り巡らせる。

スケルトンに切り捨てられる直前で、剣が結界に阻まれて吹き飛んだ。

「きゃぁあああああああああああ！」

「こっちに来るな！」

ヴァニスカ様とパーシバル様の叫び声が響く。

護衛騎士達を見捨てて逃げ出したくせに、別のスケルトンに遭遇したようだ。

巨大な剣をスケルトンがヴァニスカ様に打ち付ける。ヴァニスカ様の結界に阻まれてはいるものの、途端にビシビシと結界に亀裂《きれつ》が入っていく。あと数撃攻撃を受ければ結界は壊れるだろう。

ヴァニスカ様の結界はやはりとても弱い。

人二人分の結界でこの程度の強度しかないのなら、結界式で広げた筈《はず》の範囲も歪だったことに頷ける。

スケルトンの追撃が結界に打ち付けられた。

硝子《ガラス》が砕けるように、脆《もろ》い結界は崩れ去る。

ヴァニスカ様は再び叫び、パーシバル様はやみくもに魔法で火焔を放った。

でたらめな火焔はスケルトンを通り越して民家に被弾し、燃やしていく。

「くそっ、周囲の被害を考えないのか……っ!?」

ラゼットが影で護衛騎士達や逃げ遅れた人を包み込み、わたしが局所結界で火災を閉じ込める。このまま閉じ込め続ければ、やがて燃えるものがなくなり消火するはず。

(雨でも降らせられればいいのだけれど)

残念ながらわたしにはそんな魔法は使えない。

せめて、パーシバル様の起こす被害がこれ以上広がるのを食い止めるのが精一杯だ。

「あんた、なんでこんなところにいるのよっ」

「偽聖女《にせ》！　さては貴様が仕組んだんだな、このっ、あばずれがっ！」

わたしに気づいたヴァニスカ様とパーシバル様が口々に罵《ののし》るが、無視だ。

胃がきりっと痛んだが、ラゼットがいてくれる。

こんな人達よりもザダラック村の村人の救済が先決だ。

けれどラゼットが殺気をみなぎらせてパーシバル様を睨《にら》む。

「な、何だお前その態度！　俺は第一王子だぞ。妾《めかけ》の子の分際で盾突こうっていうのか！」

「……魔物が溢《あふ》れるこの場なら、消しても何も証拠は残らない」

ぶわりと広がる影に、パーシバル様は恐怖で尻《しり》もちをつく。

けれどラゼットはそのままパーシバル様に鎌《かま》を向けることもせず、ふっと鼻を鳴らして数体のスケルトンを一気に拘束した。

わたしは動けなくなったスケルトンに即座に浄化魔法をかける。

声にならない悲鳴をあげながら、スケルトンが次々に瘴気を霧散させ、魔石があたりに散らばった。

ほっとして、わたしは結界に祈りを捧げる。

早く修復しないと魔物は増え続けるだけだ。

「邪魔よっ！」

「きゃっ」

いきなりヴァニスカ様に突き飛ばされて、わたしは祈りを中断する。

「なんであんたが祈るのよ！　聖女はわたくしだけよ！」

ふんと鼻を鳴らして豪奢《ごうしゃ》な銀髪を後ろに払う。

「そこで指をくわえて見ていなさいっ。真の聖女たるわたくしの結界を！」

わたしだけでなく、逃げ遅れている周囲の村人にも聞こえるようにヴァニスカ様は宣言する。

（そうか。自分こそが聖女であると知らしめたいのね）

そんな場合ではないというのに、ヴァニスカ様は自信満々に祈りを捧げ出す。

けれど薄くなるどころか破れた結界は、修復に時間がかかるのだ。

それに、継ぎ目をなくすように新たな結界を馴染《なじ》ませて浸透させないと強度がなくなる。部分的に脆くなるのだ。

ヴァニスカ様はいまの魔物の遭遇で、随分と局所結界を張って魔力を消耗しているはず。その上、もともとの結界が弱いのだから、すぐに修復するのは不可能だ。

「え、なんでまた魔物が⁉」

ヴァニスカ様が祈りを捧げている間に、結界内の瘴気が魔物に変じていく。

(あぁ、やっぱり)

ぎゅっと目を瞑《つぶ》りわたしは祈りを捧げる。

魔物になりかけていた瘴気を包み込むように小さな結界を張ると、出現したばかりの魔物はその形を保つ前に霧散する。

「お、驚かさないでよっ、もうっ、また最初から結界を張り直しじゃない！」

苛立たし気にヴァニスカ様は再び祈りを捧げ出す。

けれど張られる結界は薄く歪で、とてもじゃないが破れた穴を塞《ふさ》ぐにはお粗末すぎた。

結界の外にも魔物は存在するのだ。

新たに表れた魔物は、トカゲのような身体に人よりもはるかに大きい緑の皮膜を広げ、叫ぶ。

『ツギュギャアアアアアアアアアアアアアア！！！』

威嚇の声と共に上空から大量の雷撃が降り注ぐ！

「くっ！」

即座に結界を張り巡らせて受け止めるが、びりびりと激しい衝撃が伝わってくる。

(まずい……結界の破れが広がっていってる……っ)

まだ小さかった穴は、新たな魔物が侵入したことにより広がっていってしまっている。

ぽこりぽこりと地面が盛り上がり出すのは、瘴気から魔物に変わる前兆だろう。

けれどわかっていてもそちらに魔力を裂けない。

上空からの攻撃を防ぐのに手いっぱいだ。

「うっわ、団長何すかこれ、やっば！　ワイバーンが村に出るなんて！」

「メル！　お前逃げろっ！」

最悪のタイミングでメルさんがやってきて、ラゼットの顔が青ざめる。

ワイバーンがくるっと向きを変えてメルさんをとらえた。

「だめっ！」

咄嗟にメルさんに治癒を施す。

そしてその瞬間、ワイバーンの稲妻がメルさんを貫いた。

「うわあああああっ……って、あれ？」

稲妻に焼かれたはずのメルさんがきょとんとしている。

間に合った！

「ルーナがやったのか？」

「うん。攻撃を治癒で相殺したの」

強力な局所結界は即座にいくつも張れないけれど、防御結界と治癒ならできると思った。

そしてそれは成功して、メルさんは無事だった。

はっとしてメルさんがわたし達の隣に駆けてくる。結界の中に入ってもらえてよかった。

「まだこっちにも村人がいると思って誘導に来たんすよ。まさか、ワイバーンが出るなんてどうなってるんすか。ここは魔の森じゃないんですよ」

「結界が破れて修復できていない」

「は？　うっわ、あの目に痛い色彩の新聖女様と王子がいるじゃないですか。あの人やっぱり結界張れないんですね」

「それどころかルーナが結界を張るのを邪魔していまこの事態だ」

「最悪っすね」

結界の中を防音にしておいてよかった。

こんな会話聞かれたら、あとでメルさんの首が物理的に飛ぶ。

「くそっ、何で魔物が村の中に出るんだよおかしいだろうが！」

「ルーナ！　お前なんかがわたくしの邪魔をするから！」

パーシバル様とヴァニスカ様は、新たに土から湧《わ》いて出た泥人形達と戦いながらわめきちらしている。

「どーやっても原因あんた達だろ！　聖女ちゃんを馬鹿《ばか》にすんなっ！」

「愚か者を相手にしていても時間の無駄だ……」

「ばーかばーかばーか！」

メルさんが子供みたいに、思いっきりヴァニスカ様に向かってあっかんべーをした。

あ、いけない。防音はしていたけれど、周囲から見えないようにはしていなかった。

「ちょっと！　そこのクソガキわたくしにいま何をしたのよ！　この高貴なるわたくしに向かって舌を出すなんてっ」

ヴァニスカ様は声は聞こえていないはずなのに、メルさんの顔をばっちり見ていたらしい。

顔を真っ赤《まか》にして激怒している。

「ヴァニスカに礼儀を欠くなど不敬だぞ！　貴様の顔は覚えたからな。王都に戻ったら即座に処刑してやるっ」

パーシバル様もこちらに向かって指を突きつけた。

（もうもうっ、本当にこんなことをしている場合じゃないのにっ）

ワイバーンはまだ上空にいる。

魔物達の攻撃をどうにか止めて、結界を修復しないと。

「こいつらもこいつらだ！　わらわらわらわらとっ。燃やし尽くしてやる！」

パーシバル様が怒りのままに炎を繰り出す。

拳《こぶし》から放たれた炎の渦は泥人形達をことごとく焼いていくが、中途半端だ。

燃え盛る炎は派手なのに、魔物への威力はいまいちだ。

それでも足止め程度にはなっている。

「…………」

ラゼットが無言で影の鎌をふるう。

足止めされていた泥人形達を一気に刈り取り、バラバラと魔石が散らばっていく。

「はっ、妾の子の癖に俺の獲物に手を出すとは、随分とお偉くなったなぁ？」

「魔物の討滅は、陛下より王宮討滅騎士団に許可が下りている。貴様にどうこう言われるものではない」

「そんなもの知ったことか！　倒すんだったらさっさとあの上空を舞う忌々しいワイバーンとかいう魔物を始末しろ。いいか、これは命令だ！」

パーシバル様がふんぞり返ってラゼットに命令する。

見た目だけが派手で、魔物に大して威力を発揮できない火系魔法しか使えないのに、この人は本当にわかっていない。

泥人形が中途半端に砕けたなら、それは集合体となるのだ。

以前、先代聖女様が対峙《たいじ》した魔物の一つとして教えてくれたから覚えている。

パーシバル様のように中途半端に乾燥させて砕いてたら、泥が混ざり合うように何体もの泥人形が一つになり、中級の魔物へと変異してしまうのだ。

(こんな人にかかわっていないで、早く結界を直さないと)

どうにか結界を修復しようとした瞬間、ぞわっと悪寒が走った。

「っ、伏せろっ！」

ラゼットがわたしを抱きしめてうずくまる。

わたしは咄嗟に全力で周囲の局所結界に魔力を注いで強化する。

ゴウッッツ……ッ

漆黒の炎が上空を焼き払う。

飛空していたワイバーンが一瞬で消し炭になり、わたし達のすぐ隣にぽとりと落ちた。けれどその姿もすぐにぼろぼろと崩れ、魔石がごろりと現れた。この魔石の大きさからしても、危険な魔物だったことがうかがえた。

（一体、なにが……？）

小さな魔物ならば対応できる。

けれどワイバーンのような中級以上の魔物が、なぜいきなり消滅したのか。

頭を振って魔石を回収しようとかがんだ瞬間、砂ぼこりが舞い上がり視界が塞がれる。


――――ドウン、ドウーーーン！

ザダラック村の周囲の結界が派手に揺れ、濃厚な瘴気が周囲に溢れる。

「い、いや、嫌っ、何よあれ！」

視界が晴れてきた瞬間、ヴァニスカ様が叫ぶ。

（なに……？）

全身が震えてぞわぞわが止まらない。

舞い散る砂ぼこりに影が映る。巨大な影を見ているだけで悲鳴をあげたくなる。

だというのに、ほこりはゆっくりと晴れていき、望んでもいないのにその姿を映し出す。

晴れた視界のその向こう。

破れた結界の中に、漆黒の鱗《うろこ》に覆われた身体を持つ魔竜が出現していた。


人の何倍もの大きさを誇る魔竜は、ゆっくりと、結界を越えてザダラック村に侵入する。

口から吐き出される息は黒く、呼気に触れた木が即座に枯れて崩れた。

破れた結界はカーテンのように垂れ下がり、もはや結界としての意味をなしていない。

「魔竜……まさか、こちらに移動していたとは」

ラゼットがわたしを背に庇い直して魔竜を見上げる。

そうだ。

魔の森で魔竜の出現報告が出ていたのだ。

けれど実際には姿が見えなくて。

その時思ったのだ。王都に向かっていたら大変だと。

それでも王都は結界が強固だから安全だと思っていたけれど……。

(よりによって、結界が破損したこの村に来るなんて!)

他の村ならまだ持ったはず。

薄くとも結界があれば時間が稼げたし、魔竜ほどの魔物は侵入できなかったはずなのだ。

けれどこのザダラック村だけは別だ。

歪《いびつ》な結界が破れ、さらにワイバーンによってその穴は広がっていた。本来なら入ることのできなかった魔竜を呼び寄せてしまったのだ。

「あぁ、あぁあああっ!」

恐怖が限界を超えたヴァニスカ様が叫びうずくまる。

辛うじてパーシバル様とヴァニスカ様を守っていた彼女の結界が消え失《う》せた。

聖女であるわたしには崩れた結界が視《み》える。ヴァニスカ様もそうだろう。

けれどそんなことはわからないパーシバル様は、魔竜に向かって火焔を投げつけた!

「こんなデカブツ、俺の火魔法で一発だ!」

派手なだけで威力がないことは先ほどの泥人形でわかっているはずなのに、パーシバル様は自信満々に魔竜に向かって火炎を飛ばし続ける。

魔竜に当たりはしてもかすり傷一つ負わすことのできない火焔は、ただただ派手なだけで無意味だ。


――――ヒュンッツ！


魔竜の長い尾が周囲を薙ぎ倒す。

木々とパーシバル様の火焔で脆くなっていた家屋が倒壊した。

「ははっ、俺の炎がそんなに苦しいか！　ならもっとお見舞いしてやるぜ！」

自分の炎が見向きもされていないというのに、パーシバル様はなにを勘違いしたのかなおも火炎を迸《ほとばし》らせる。二度、三度と火焔を当て続けるが魔竜の身体には傷一つ付けられていない。

漆黒の鱗にほんの少しの煙が立つだけだ。

くるりと魔竜が向きを変えた。

「な、なんだデカブツ、急にこっちを見やがって」

パーシバル様が数歩後ずさる。

欠片《かけら》も怪我《けが》を負っていないとはいえ、何度も身体に当てられる火焔には苛立っていたらしい。

魔竜がすぅっと息を吸う。

（危険だわっ）

わたしは即座にパーシバル様とヴァニスカ様に向かって局所結界を張り巡らす。

直後に漆黒の炎が放たれた。

「ぎゃあああああああああああああ！」

「きゃあああああああああっ！」

パーシバル様とヴァニスカ様の悲鳴が響き渡る。

（大丈夫、わたしの結界は破られていない！）

漆黒の炎で見えずとも、わかる。凄《すさ》まじく魔力を消費させられているが、まだ壊されてはいない。


――――フシュウウウウウウウウ……

魔竜は炎を吐いてもまだ満足しないのか、結界に守られた二人を睨み付けている。

睨まれたパーシバル様は真《ま》っ青《さお》になって震え、一歩、二歩、後ずさる。

「お、お前は結界を張れるんだから、ここに残れ！　俺は助けを呼んでくる！」

「えっ」

どんっと、パーシバル様がヴァニスカ様を突き飛ばし、村の外に向かって走り出す。

「そんなっ、パーシバル様なぜっ」

魔竜に対する恐怖とパーシバル様に裏切られた衝撃でヴァニスカ様は立ち上がれない。魔竜は巨大な顎《あご》でヴァニスカ様を喰《く》らおうとするが、わたしの結界が何とか押しとどめた。

「ルーナが守っているのか⁉」

「うん。でも、これ、いつまでも持たない……っ」

魔竜の力が強すぎるのだ。

魔力が湯水のように流れ出ていく。

それにヴァニスカ様に結界を張り、さらにわたし達にも張っているのだ。限界はきっとすぐに来る。

「あっ、あ……っ」

赤紫色の瞳を大きく見開いて、ヴァニスカ様は動けない。

「ヴァニスカ様っ、どうか逃げてください！」

わたしの局所結界がいつまでもつかわからないのだ。

彼女は名前だけの義妹で、そして長年わたしを虐げてきた人だけれど、目の前で死なれたいとは思わない。

「う、うるさいわねっ、逃げられるならとっくにそうしているわ！　動けないのよ治療しなさいよっ！」

泣きながら叫ぶヴァニスカ様は、じりじりと這《は》うように後ろに下がる。腰が抜けて歩けないのだとやっと気づいた。

(でもいま治療なんて無理！　こちらの結界を解《ほど》けばなんとか……？　でも危険だわ)

魔竜はヴァニスカ様を狙《ねら》っている。

けれどいつ振り向いてこちらを攻撃してくるかわからないのだ。

「俺が気を引く。その隙《すき》に、ルーナはヴァニスカと共に逃げてくれ」

「ラゼット！　無茶しないで！」

止めようとしたが、ラゼットは結界から飛び出して魔竜にその影の鎌を振るった。

硬い鱗が裂け、血と瘴気が滲《にじ》み出る。

『グギャアアアアアアアッ！』

ビクンッと魔竜がのけぞって叫んだ。

パーシバル様の見た目だけの火焔と違って、ラゼットの鎌は的確に魔竜に傷を負わせた。

魔竜の怒りに燃えた瞳はヴァニスカ様からラゼットに移り、凄まじい勢いでラゼットに向かって突進していく。

「おっと、お前さんの相手はこっちにもいるっすよ」

おちゃらけた口調とは裏腹に、メルさんが魔法弓を射って魔竜の気を散らす。

二人とも交互に魔竜にちょっかいをかけながら、素早い動きで絶妙にヴァニスカ様から魔竜を引き離していく。

(ありがとう二人とも)

危険を顧《かえり》みず作ってくれた機会を、みすみす逃すわけにはいかない。

わたしはヴァニスカ様に駆け寄って、治癒魔法を施した。

「あ、あんたなんか、あんたなんか、偽聖女の癖に！」

「……もう足は動かせますか？」

「動くわよ、本当ならあんたの力なんかいらなかったんだからね！　わたくしは公爵令嬢なのっ、平民のあんたとは違って生まれた時からかけがえのない存在なのっ、あんたなんか、あんたなんか……っ」

いつまで言い続けるのだろう。

お礼なんていらない。最初からこの人に期待していない。

けれど魔竜に襲われ、逃げまどう人達が見えないのか。

(ラゼットとメルさんが命懸けで時間を作ってくれているのにこの人は)

怒りが込み上げてきた。

ずっとずっと溜《た》め込んでいたそれは、止められなかった。

「……煩《うるさ》い」

「え」

わめいていたヴァニスカ様が止まる。

「煩いっていったんですよ。聞こえませんでした？　そのお綺麗《きれい》な耳はただの飾りですか」

「な、な、なっ!?」

「なに唖然《あぜん》としているんですか。地べたに這いつくばって逃げもせずにわめいてみっともないですよ公爵令嬢様？　それでも高貴なる血筋ですか。あぁ、這いつくばるのがご趣味とか？」

「馬鹿を言わないで！　なんなのよ、あんたなんかっ」

「そうそれ！　あんたなんかって言いますけれど、わたし以上に貴方がなにができるんですか？　わめくだけ、泣くだけ、わがままを言うだけ！　結界だってまともに張れないし邪魔ばかり！　もう動けるでしょう？　聖女名乗るんだったら、さっさとみんなを治療してください。そんなこともできないんだったら邪魔ですから逃げて！」

言い切った。

もう不敬だのなんだの構うものか。

まだなにか言おうとしているヴァニスカ様に背を向けて、わたしはラゼットの方へ走る。

わたしは治療した。

死なれたくなんてないけれど、彼女のわがままになんか付き合っていられない。もう逃げられるのに逃げないのであればそれは彼女の意思でわたしはもう関係ない。

それよりもラゼットとメルさんだ。

「メル！」

魔法弓を射っていたメルさんに、魔竜の黒炎が襲い掛かる。

(駄目、届かない！)

局所結界を投げようとしたが、遠すぎた。

「っ、くっそ、かすった！」

ギリギリ避けきれなかったメルさんの足が酷《ひど》く焼け爛《ただ》れた。

これではもう走れないし、避けられない。

魔竜がにやりと笑った気がした。

「魔竜っ、お前の相手はこっちだ！」

ラゼットがメルさんを狙う魔竜の意識を引き付けるために、派手に影を広げて覆い被《かぶ》せる。

けれど材木などと違って魔竜は影の動きにとらわれない。

薄布を割くように影を前爪で引き裂くと、そのままラゼットに向かって黒炎をまき散らす。

「ラゼット！」

全力で局所結界をラゼットに張る。ラゼット目掛けて走っていたのでなんとか届いた。

ラゼットを燃やし尽くそうとしていた魔竜の黒炎は、寸でのところで結界に押しのけられた。

(あとはメルさんを治療しなくちゃ)

メルさんは足を焼かれた状態でもうずくまることはせずに、建物と建物の間に身を隠している。その位置ならば魔竜からは見えないはず。

けれどその足元の土がボコリと膨れ上がった。

（っ、泥人形！）

村の周囲の結界に開いた穴は、まだ閉じられていない。

だから瘴気はどんどん魔物に変わっていく。

まともに動けないメルさんを、泥人形が呑《の》み込もうとする。

「させないわっ！」

パンッ！

局所結界で泥人形を囲って、それを思いっきり地面に叩《たた》きつけた。箱を潰すように上からぐっと押し潰されて、透明な壁に押し潰されて数体の泥人形はひしゃげている。

乾燥させたり砕いたりすれば合体してしまうが、押し潰されている場合はどうだろう。

わからないけれどわたしにできる攻撃手段は限られていて、これしか思いつかなかった。

潰れた泥人形はそのまま魔石になって転がった。よかった、なんとか倒せたようだ。

メルさんに駆け寄って即座に治癒を施す。

肉の焼け焦げた臭いが強く、わたしは唇をかみしめる。

痛むであろう足を抱きしめるように抱えて、一気に治療する。

「聖女ちゃん、やるじゃん、かっこいい……」

「メルさんは出血多量になりながら褒めないで」

「俺に世界一可愛い婚約者がいなかったら、惚《ほ》れちゃうところだったよ」

「馬鹿いっていないでください。さぁ、治った！」

「おわ、びっかびか。聖女ちゃんすごいね」

光らせるつもりなんて欠片もなかったのだけれど、盛大に光った。

もう魔力を微調整できないぐらいに限界が来ている。

どうしよう、どうすればいい？

魔竜に、結界修復に、次々と出現する魔物に、村人達の救助。

どれから手を付ければいいのかもうわからない。

でもやるしかないんだ！

わたしは思いっきり魔竜に向かって結界を投げつけた。

ごんっと派手な音を響かせて、魔竜の頭に局所結界の塊がぶち当たる。

くらくらっとしたのか魔竜の足元がふらついた。

魔竜の相手をしていたラゼットが漆黒の瞳をぎょっと見開く。

「ルーナお前なにやって」

「だって何していいかもうわからないんだもの！」

「だからって魔竜に殴りかかる奴《やつ》があるかっ、逃げろっ」

魔竜がわたしを狙う前に、ラゼットが影で即座に転移してきてわたしをひっつかみ、別の場所に転移する。

魔竜はぎょろりとした目で周囲を見渡し、腐臭を吐き出した。

(あれ……?)

ラゼットに抱きしめられて離れたところにいるせいか、魔竜をよく見られる。

何か違和感があるのだ。

(尻尾《しっぽ》の辺り、瘴気が濃い?)

大きいせいだろうか。

通常魔物であれば、身体すべてから瘴気を感じる。

けれどこの魔竜は、尻尾の付け根辺りから強い瘴気を感じるのだ。

身体全体が黒い鱗に覆われる中、よくよく尻尾を見るとそこだけぼこぼこと膨らみ紫に変色している。

つい最近、似たような状態の魔物を見なかっただろうか。

(……っ、宿屋の、猫!)

ベルドさんの故郷のヨヘナ村であった。普通の猫が足の怪我から瘴気が入り込み、魔物まがいになっていた。

もしも、この魔竜も同じ状態だったら?

「ラゼット。試してみたいことがあるの」

「……何か気づいたのか?」

「この魔竜が、もしかしたら魔竜じゃないかもしれないって」

「そんなことが……いや、でも確かに、魔竜にしては攻撃手段がおかしい……」

ラゼットが思案し、頷く。

影で作り上げた鎌からさらに影が揺らめく。ラゼットの魔力が強まっているからだ。

「試す方法は、浄化だな？」

「うん。でも、すぐには浄化しきれないと思う」

「わかった。できるだけ時間を稼ごう」

タンッと地面を蹴《け》って、ラゼットが飛翔《ひしょう》する。

魔竜がぐいっと顎をあげてラゼットを捕捉した。

わたしはラゼットに防御結界を施して、魔竜の尾を視る。

（やっぱり、根元付近に瘴気の滞りがある）

近づけないだろうか。

ラゼットを捕らえようと暴れる魔竜は、宿屋の猫とは比べ物にならない凶暴さだ。

激しく振られる尻尾は街路樹を薙ぎ倒し、地面を抉《えぐ》る。

ラゼットのように素早く動き、自在に影を操ることができなければ、浄化するどころか自分の身を守ることもできないだろう。

近づくことは諦《あきら》め、わたしは祈りを捧げるようにその場で跪《ひざまず》いて魔竜に向かって浄化を放つ。

できれば尻尾にだけ集中して浄化を施したいが、魔竜全体にかかるのは仕方がない。

――グァアアアアアアアアアアアアッ！

じゅわじゅわと浄化魔法が瘴気を浄化し、痛みに魔竜が吼《ほ》えた。

「くっ！」

ラゼットが呻《うめ》き、影に魔力を迸らせる。

魔竜が暴れるのを少しでも抑えるために、自身の影を大きく広げて魔竜の足を包み込む。

キュルキュルと魔竜の足に絡みつく影は、地面に向かって引っ張っている。

全体を包み込むように広げたわけではない影は、先ほどのように魔竜の爪《つめ》で引き裂かれることなく、その威力を発揮している。

魔竜の動きは確かに鈍るが、けれどわたしが近づけるほど緩慢でもない。

(そうだ、この方法なら！)

わたしは局所結界を作り出し、そこに浄化魔法を込める。これでもかというほどパンパンに詰めて詰めて、

「えいっ！」

気合いと共にぶんっと、思いっきり魔竜の尻尾に向かってぶん投げた。

わたしの魔力の塊だから、わたしにとっては重さなんて感じないし、投げる位置だって操作できた。

「よしっ、魔竜の尻尾を捕らえたわよ！」

局所結界は狙い通りに魔竜の尻尾の、特に瘴気の滞った根元をがっつりと包み込んだ。

瘴気が酷く滞っている場所がめいっぱい泡立ってじゅわじゅわと激しい音を立てる。白い泡はどんどん紫に変容していくが、わたしはさらにその局所結界の中に魔力を込める。

――――グ、グルグググゥグウウウウウ！

「暴れるな！　俺は決してお前をルーナのもとへは行かせない！」

魔竜が呻きながら暴れるが、ラゼットが影で抑えきる。

（あと、もう、少し……っ）

目の前がちかちかしてくる。

魔力がもう切れそうだ。

けれどわたしは祈るのを、浄化するのを止《や》めない。

「これで、どうだーーーーーー！」

ありったけの魔力を浄化に変えて、魔竜の尻尾に注ぎ込む。

いままさにじゅわじゅわと激しい音を立てて浄化されていた尻尾は、派手に輝いて艶《つや》やかな漆黒の鱗を取り戻す。

そしてそれと同時に、魔竜のどろりと濁っていた瞳に光が灯《とも》った。

『おぉ……おぉぉ……身体に自由が戻ってきおった……っ』

「えっ」

不意に聞こえた言葉に、ラゼットとわたしは顔を見合わす。

(どこから？　いえ、その、間違いでなければ、魔竜から……)

ラゼットがわたしを背に庇い、魔竜に鎌を構える。

けれど魔竜はそんなわたし達が目に入っていないのか、自分の身体をしきりに見渡し喜んでいる。

『おぉ、どこにも淀《よど》みがないではないか。実に良い……』

魔竜の尻尾が嬉しそうに揺れた。

(これ、間違いなく、魔竜がしゃべっている……？)

もう一度、わたしとラゼットは顔を見合わせる。

「気のせいじゃ、ないよね？」

「どうやっても、魔竜がしゃべっているね……」

ごくりと息を呑む。

魔竜が話すなんて聞いたこともない。

そもそも魔物は会話の通じる相手ではないのだ。

（やっぱり、そもそもこの魔竜は魔竜じゃなかった、ってことだよね？）

でもそうすると、この目の前の存在は……。

冷汗が背筋を伝う。

くるっと、自分の身体を見回していた魔竜がわたし達を振り返り、その目にとらえた。

思わず後ずさりかけると、魔竜がにこりと目を細める。

『そなた達じゃな、我の瘴気を払ってくれたのは。うむうむ、辛うじて今さっきのことは覚えておるぞぇ。あの大量に滞った瘴気を浄化するとは実に見事じゃのぅ、ほっほっほ』

嬉しげに笑う声は、年齢を感じるものの理知的な色を帯びている。

「……貴方様は、もしや、竜族のお方ですか」

ラゼットがはっとして問いかける。

竜族。

それは神に近い種族ではなかっただろうか。

人前にはめったに姿を現さず、それゆえ、伝説のように語り継がれている存在。

『人の子よ、よぅ分かったなぁ。うむ、我は黒竜族じゃ。黒竜エンドガルド。そうじゃな、そなた達には敬称なく呼ぶことを許そうぞ。遠慮なく我が名を呼ぶといい』

あの激しく暴れていた魔竜と同じ存在とは思えないほどに、穏やかで和やかな口調に戸惑う。

敬称なく呼んでいいということは、エンドガルドと呼びつけにしていいということだろうか。

恐れ多すぎる。様付けで許してもらいたい。

「あなたのような力ある竜族がなぜ、魔竜に身を落としていたのですか」

瘴気は確かにいたるところに発生するし、稀《まれ》に生き物にとりついて魔物にする力もあるとわかった。

けれど目の前の相手は竜族。

こうして側にいるとよくわかる。

魔力が桁《けた》違いで、わたし達などエンドガルド様がほんの少し魔力を込めれば消し飛ぶのではないだろうか。

魔竜であった時とは違い、垂れ流しではない力は、わたしの局所結界でもきっと防ぐことができない。

ラゼットに魔竜になってしまった経緯を尋ねられたエンドガルド様は、少し目をそらす。

『ふむ、それなのよなぁ。ついうっかり、瘴気だまりで昼寝をしてしまってな。普段ならなんともなかったんじゃが、ちょうど尻尾の鱗を一枚友人に与えてしまっておってのう。そんな小さな傷から瘴気が身体に入り込んで、眠っている間に瘴気が滞ってしまったというわけじゃ』

照れながら語られる内容があんまりすぎて、膝から崩れ落ちたくなる。

「……どのくらい昼寝を？」

『おそらく百年程度だったと思うんじゃがのぅ。起きた時にはもう身体が瘴気に濁らされておったから記憶が曖昧《あいまい》でな』

百年。

それほどの長い年月を瘴気に晒《さら》し続ければ、竜族でも犯されてしまうのか。ちょっとの時間ではないと思うのだけれど、人よりもずっと長い年月を生きる竜族の時間間隔では短い時間なのだろう。

そしてこうして話している間にも、瘴気から魔物が生まれてくる。

「うっわ、また泥人形っすよ！」

メルさんの慌てた声に振り返る。

数体の泥人形が今まさに生まれようとしていて、わたしは破れた結界を考える。

魔力なんてもう残っていない。

けれどやり遂げないと。

「ルーナは、俺が守る」

わたしがやろうとしていることに気づいたラゼットが、わたしの背を包み込み、彼の温かい魔力が流れ込んでくる。

「力を、貸して」

うなずくラゼットが、わたしが指し示す空を影で覆いつくす。

まるで夜のように広がる影を見た村人達が、口々に叫ぶ声が聞こえるが無視だ。

わたしは、なけなしの魔力を影に広げる。

ラゼットの影が当て布のように結界の破れを覆っていき、わたしの魔力が結界と影を馴染ませていく。

もう微妙な力加減のできないわたしの魔力は、意思とは無関係にきらきらと輝きを帯びて空に広がっていく。星空が村を覆っているかのようだ。

零れる魔力がぱらぱらと光りながら地上に降り注いだ。

『見事なものよのう……どれ、我も一つ手助けをしようぞ』

エンドガルド様が目を細め、翼を広げる。

瞬間、エンドガルド様の身体から魔力が溢れ、結界内の魔物達が一気に消滅した。

辺り一面に魔物だった残骸《ざんがい》がパラパラと魔石になって転がっていく。

結界を修復する前に発生してしまった魔物を倒すほどの力は、もう少しも残っていなかったから、凄まじいまでの魔力を有するエンドガルド様に感謝しかない。

「これで、もう、みんな大丈夫だよね」

「そうだな」

ふうっと、意識が遠のいていくのがわかる。

「大丈夫だ。ゆっくり、休んでくれ」

ラゼットに抱きしめられながら、わたしはまたしても意識を手放した。

【終章】

王都の大聖堂は、今日《きょう》も澄んだ空気に包まれている。

わたしは本日最後の治療希望者を治療して、治癒の間を後にする。

「ルーナ様、本日もお勤めありがとうございます」

「司祭様。今日は随分と治療希望者が少ないのですね」

「はい。毎日聖女であるルーナ様が癒してくださっていますから」

深々と頭を下げられ、わたしは照れ臭くなる。

結界巡礼を終え、黒竜エンドガルド様の背に乗り王都に戻ったわたし達を、国王陛下は青ざめながらも受け入れてくれた。

わたしの冤罪《えんざい》は当然のごとく晴れ、ラゼット率いる王宮討滅騎士団の活躍も認められた。

『お主達の未来を守り続けようぞ』

黒竜エンドガルド様がそう宣言をして、ゼルガーン王国は黒竜が守護する国となった。

エンドガルド様が守護する国は、すなわち聖女の結界が必要となくなる国だ。

膨大な魔力をもつエンドガルド様は、そこにいるだけで魔物を寄せ付けないし、瘴気《しょうき》から発生した魔物は瞬時に消滅させることができるのだから。

そして第一王子パーシバル様は廃嫡となった。

『なんでこの俺《おれ》様が廃嫡に⁉　妾妃《しょうひ》の卑しい血を引くラゼットが王位継承権一位に繰り上がるなどとおかしいでしょう父上。考え直してください！』

そう叫ぶ彼に、陛下は首を縦には降らなかった。

正妃様も、異を唱えなかった。

パーシバル様は罪を犯した王族を幽閉する北の塔に、生涯幽閉されることになるだろう。

可哀想《かわいそう》だとは思えなかった。

わたしを偽《にせ》聖女として陥れたこと。

魔の森へ捨てたこと。

この二つは、彼の手伝いをしていたあのローブの魔導師が証言してくれた。

魔導師の男は、家族を人質に取られていうことを聞かされていただけだった。

人質は彼の妻。

治癒術師では治せない病で、偽聖女であるわたしを排除した後は、真なる聖女ヴァニスカ様の治癒を受けさせると約束してもらっていたらしい。

けれど実際は約束を反故《ほご》。

それどころか冤罪で投獄されており、彼の妻はわたしが治療して一命を取り留めた。魔導師が投獄されている間、彼の妻は病を患っているのに放置されていたため、本当にあと一歩遅かったら手遅れだった。

脅されていたとはいえ、聖女のわたしを陥れてしまったので罰は下る。

けれど被害に遭ったわたしとしては、彼を重い罪には問わないでほしいと陛下にお願いしておいた。大切な家族を人質に取られていたのだ。彼に拒否権はなかったと思う。

なのでパーシバル様とは違って、降格と減給程度で済んだ。実力のある人だから、またすぐに元の役職に戻れるだろう、とはラゼットの予想だ。

パーシバル様の場合は多くの村人を危険にさらし、さらには自分達を守った護衛騎士まで見捨て、逃げたのだ。

目撃者は多く、国王陛下から第一王子に付けられた護衛騎士は、由緒正しい家柄の貴族子息ばかり。そんな彼らの前で、パーシバル様は醜態を晒《さら》してしまったのだ。いつも側《そば》に侍《はべ》っていた取り巻きの貴族子弟達なら何とでも言いくるめられただろうが、陛下から付けられていた護衛騎士達をパーシバル様がどうにかできるはずがなかった。

平民だけでなく、貴族の間でも彼の無能さが広まってしまったのだから、もうどうにもならない。

そしてわたしとの婚約も解消された。

パーシバル様は結界式でわたしに婚約破棄を突きつけていたけれど、それは、あくまで勝手に彼がやったこと。

今回正式に、国王陛下からパーシバル様との婚約が白紙に戻されたのだ。

聖女は王族との婚姻が決められていたけれど、エンドガルド様がこの国を守護してくださることになり、聖女という役職はいらなくなった。結界を張れる聖女を国につなぎとめるための婚姻は、不必要になったのだ。

陛下に今回の功績をたたえられ、褒美を聞かれたときにわたしは自由が欲しいと願っておいた。それを、聞き入れてくれた形にもなる。

パーシバル様から解放されて晴れて自由の身だと思うと、その場で飛び上がりたくなるほど嬉《うれ》しかった。

聖女といえば、ヴァニスカ様。

ヴァニスカ様は聖女の力の片鱗《へんりん》はあるものの、わたしよりも劣ることが知らしめられた。

結界巡礼でわがままばかりをいい、ろくに結界も補強できなかった事実。

それは王都の側での出来事だったことと、侍女と護衛に連れていた者達から貴族の間でもすぐに噂《うわさ》が広まってしまったのだ。

そして何より、歪《いびつ》な結界が引き起こした惨事も忘れ難い。

ヴァニスカ様の作り出した結界は、瘴気を防ぎきることができないばかりか、局所結界を所々に作り出し、閉じ込めてしまっていたのだ。

最初に訪れたヨヘナ村で、猫に異変が起こったのはそのためだ。

平民聖女であるわたしよりも、聖女として劣るどころか、まともに結界を張れていなかった事実に耐えられなかった彼女は、不貞腐《ふてくさ》れてわたくしは悪くないの一点張りだ。

先代聖女シュアレーン様も、これには呆《あき》れてものもいえない様子だった。

ヴァニスカ様のやらかしで、シルフォニア公爵家は降格して侯爵家となり、広大な土地の一部を王家に慰謝料として渡すこととなった。

今回のことで、ヴァニスカ様の評判は地に落ちた。

社交界ではそれなりに取り繕っていた淑女の仮面は崩れ去り、わがままで横暴な性格が知れ渡ってしまっている。

彼女自身にはパーシバル様ほどの重い罰は下らず自宅謹慎だけだったが、これからの貴族世界で肩身の狭い思いをするのは確実だろう。

当然と言えば当然なのだが、偽聖女の汚名を付けられた時に、シルフォニア公爵家から除名されていたわたしには何の影響もない。

ただの平民ルーナでよかったのだけれど、フォーレンハイト公爵家がわたしの後見人になってくれた。

『聖女という称号はなくなりましたが、ルーナ様がたぐいまれなるお力を持っていることはかわりありません。御身を守るためにも、わたくしのお義姉《ねえ》様になってくださいませ』

そういってくれたのは、アドリアナ・フォーレンハイト公爵令嬢だ。

『王族と平民が交流していると、なにかと苦言を呈してくる輩《やから》もいるだろうしね』

そうトライトレ様にも後押しされ、わたしはルーナ・フォーレンハイトになった。

いままでは王宮の一室に住まわせてもらっていたけれど、いまのわたしの住み家は王都の大聖堂だ。ここには王弟ローゼンダル・ゼルガーン様と、シュアレーン様もいらっしゃる。

わたしはここで、いままでできなかった平民への治療を主にさせてもらっている。

ずっと、やりたかったのだ。

この力を得てから、わたしが治せる人なら誰《だれ》だって、ううん、むしろお金のない平民をこそ、わたしは治療していたかった。

貴族はいい。高価な薬もいくらだって買えるし、高額な治療費だって払えるのだから。

けれど平民は違う。

病気になったら薬を買うのも大変なのだ。

だからわたしが自由になって最初にしたことは、シュアレーン様を通じて大聖堂に勤める治癒術師になることだった。

すべての人を無償で治療したかったけれど、それだとどうしても驕《おご》り高ぶる人が出てしまうとのことで、多少のお金は頂くことになっている。もちろん、支払えない人は無償だ。ここだけは、わがままを通してもらった。

大聖堂から出ると、肩の上にぴょこんと影小人が現れた。

「ラゼットがくるのかな？」

問いかければ、うんうんと頷《うなず》く。

すぐに正面の門からラゼットが歩いてくるのが見えた。

「ラゼット！」

嬉しくなって、わたしは彼に駆け寄る。

「ルーナ。今日の治療はもう終わった？」

「うんっ。あとは、普通にお祈りに来た人達みたい」

「そうか。それなら、少し歩かないか？」

ラゼットと二人で、大聖堂の裏手の公園に足を運ぶ。

手入れをされた花壇と、噴水が綺麗《きれい》だ。

吹き抜ける風が心地いい。

「こうしてゆっくり過ごすのが、なんだか不思議な気がするの」

「あれから、まだ一か月しか経《た》っていないからね……」

言われてみれば、そう。

毎日念願だった治癒の仕事をさせてもらって充実しているせいか、随分と時間が経っている気がしていた。

「そういえば、一昨日《おととい》メルさんが大聖堂に来ていたわ」

「えっ、メルが？」

「うん。婚約者さんを連れて、祈りを捧げに来てくれたの」

最愛の婚約者と周囲に堂々と言ってはばからないメルさんは、婚約者と手をつないで大聖堂を訪れた。あまり長く話せなかったけれど、幸せそうでなによりだった。

（手をつないでいるの、羨《うらや》ましかったな）

結界巡礼の時は緊急時だったから、手をつなぐのはもちろんのこと、抱きしめられもした。けれどあれから何度かラゼットと出かけてはいるものの、まだ手はつなげていない。

ちらり、とラゼット見る。

「なんでメルが？　いや、まさかルーナに会いに？　でもあいつには婚約者が……」

ぶつぶつと呟いているラゼットの手はがら空きだ。

（驚くかな？　でも……）

そっと、ラゼットの手に自分の手を乗せる。

「えっ」

触れた手を見つめたまま、ラゼットが固まってしまった。

「メルさんが、婚約者さんと、その、手をつないでて。いいなーって、思って……」

段々顔に熱が集まってきて、最後のほうはもう、ぽそぽそと小声になってしまった。

ラゼットの頬《ほお》も赤く染まってくる。

「駄目、かな……？」

恥ずかしくなってきて、手を引っ込めようとしたら、ラゼットにぎゅっと握り返された。

「駄目じゃない、少しも、駄目じゃない……」

ラゼットは真《ま》っ赤《か》な顔でわたしから目をそらし、それでも手は握ったままでいてくれた。

そのままなんとなく無言で、わたし達は公園を散策する。

公園には真っ白い鳩《はと》が集まってきている。

近所の子供達が餌《えさ》をあげているようだ。

わたし達——とりわけ、ラゼットに気づいた子供達が、チラチラとこちらを見ている。

そのうちの一人が、『真っ黒い人！』といったのが聞こえて、ラゼットの顔が強張《こわば》った。

けれどすぐにその表情は和らぐ。

子供達が口々に『黒竜様みたい！』『かっこいい！』といい始めたからだ。

ラゼットは困ったような照れ笑いを浮かべて、子供達に手を振る。子供達は大はしゃぎで喜んで親の元へ走っていく。

きっと、黒竜様みたいな人を見つけたと、報告に行くのだろう。

以前は忌諱《きき》されていた闇《やみ》属性は、黒竜様のおかげでその印象をがらりと変えている。ラゼットを見るだけで怯《おび》えていた人達も、黒竜エンドガルド様と同じ黒髪と黒瞳《こくとう》に憧《あこが》れを抱き始めているのだ。

「ねぇ、ラゼット」

「ん？」

「ラゼットは、王様にならなくて本当によかったの？」

陛下は、黒竜エンドガルド様の守護を得たラゼットを王太子に任命しようとした。けれどこれをラゼットは即座に拒否したのだ。彼はあっさりとその地位を第三王子のトライトレ様に譲り渡した。

平民上がりのわたしに対しても、ずっと優しく誠実であられたトライトレ様とアドリアナ様であれば、きっとよい国を作ってくださることは間違いない。

けれど、ラゼットが一瞬の迷いもなく断ったのは意外だった。

「俺に国王なんて務まるわけない……黒髪の、魔物に見間違えられるような厭《いと》われ王子だったんだから」

ラゼットが、じっとわたしを見つめる。

急に真剣な眼差《まなざ》しを向けられて、どきりと心臓が跳ねた。

「俺は……身勝手だから。名も知らない誰かのために働くなんてできない。俺を厭い嫌ったやつらのために命なんてかけられないんだ。俺が命をかけて守るのはルーナ、君だけだ」

「ラゼット……」

胸が熱くなる。

こんなにも、ラゼットはわたしだけを思っていてくれる。

ずっとずっとわたしだけを。

国よりも、ううん、きっと、世界よりも、ラゼットはわたしだけを選んでくれるのだ。

それは、皆に憧れられても、救国の王子となっても、変わらないのだと思えた。

「俺が、王太子でなければだめか？」

不安げに揺れる漆黒の瞳《ひとみ》を見つめ返す。

「わたしは、ラゼットがラゼットであればいいの。ラゼットが王子でも、そうじゃなくても関係ない。ラゼットだけが、わたしの光だったから」

ラゼットがわたしを想《おも》って送り続けてくれたお母さんの手紙を、服の上からそっと触れる。

ずっとずっと、わたしの心にはラゼットがいた。

辛《つら》い王宮での日々も、いつだってラゼットがいたから頑張れた。

「愛してる。嫌われ王子だけれど、それでもずっとルーナに一緒にいてほしい」

「ラゼットは嫌われ王子なんかじゃない。貴方《あなた》がいたから国も、わたしも救われたの。わたしはラゼットと、ずっとずっと一緒にいたいの！」

ぎゅっと、ラゼットがわたしを抱きしめてくれて、わたしも彼を抱きしめ返す。

「本当に⁉」

漆黒の瞳を驚きと喜びで見開いたラゼットに、わたしは頷く。

「好きだ。愛してる。もう、絶対に、離さない」

ラゼットが泣きそうな笑顔で言い切って、わたしのほっぺたに、髪の毛に、キスをする。

「ら、ラゼット⁉」

「ルーナ。俺と、婚約してください。一生幸せにするって誓う。だから……」

「どうしよう……すごく、嬉しい……」

なんだか泣きそうになる。もちろん嬉し泣きだ。

「う、受け入れてくれる？」

「もちろん！　わたしだって、ラゼットを一生幸せにすると誓うわ」

「本当に本当⁉　ち、父上に婚約を受け入れてもらえたって、報告してくる！」

抱きしめていたわたしを離して、駆け出しかけたラゼットの腕を掴《つか》む。

「まって、国王様はこのことをご存じだったの？」

「俺がルーナを想っていることは、ずっと前から気づいていたらしい。王太子を辞退したときに聞かれたんだ。代わりの褒章にルーナとの婚約を王命にしようか、って。けれど、断った」

「どうして？」

「だって、ルーナの気持ちが大事じゃないか。勝手に婚約者にするなんてことできるわけないだろう？　だから王命なんかじゃなくて、ルーナにも俺を想ってもらえたら、その時に改めて婚約させてほしいって、頼んでおいたんだ」

ラゼットらしい誠実さだ。救国の王子となり、何をしても許される立場になったというのに。

「一緒に連れて行ってほしいな。わたしからもお願いしたいの」

「わ、わかった！　一緒に父上に謁見を申し込もう！」

「きゃっ！」

ラゼットがわたしを抱きかかえる。

「こうしたほうが、早い！」

いつかのように、ラゼットがわたしを抱きかかえたまま走り出した。

公園に集まっていた白い鳩が、驚いて一斉に飛び立っていく。

わたしはラゼットに、ぎゅっとしがみつく。

そしてそっと、ほっぺたにキスをする。

びっくりしたラゼットが、わたしをもっと強く抱きしめてくれた。

本当に、大好き。

fin

あとがき

初めまして。もしくはこんにちは。霜月雫です。霜月は『しもづき』と濁らせて読んでくださいね？

『偽聖女にされましたが、幸せになりました　平民聖女と救国の王子』をお手に取って頂き、ありがとうございます。

この本はシリーズ三作目となります。ですがこの一冊できちんと完結しており、前作とは繫がっていません。同じ世界の別主人公達のお話となっております。なので前作を知らなくとも、安心して読んでください。

こうしてシリーズとして続巻できたのも、いつも親身に相談に乗ってくださる担当H様と、美麗なイラストを今回も描いてくださった一花夜先生、そして、読んでくださっている読者の皆様のおかげです。ありがとうございます。

もしよかったら、次はどんな子のお話が読みたいか、皆様からお手紙を頂けたら嬉しいなと思います。

次の本を皆様にお届けできることを願いつつ、どうぞよろしくお願いします。

IRIS ICHIJINSHA

偽聖女《にせせいじょ》にされましたが、幸《しあわ》せになりました
平民聖女《へいみんせいじょ》と救国《きゅうこく》の王子《おうじ》

2024年5月1日　初版発行

著　者■霜月 零
発行者■野内雅宏
発行所■株式会社一迅社
〒160-0022
東京都新宿区新宿3-1-13
京王新宿追分ビル5F
電話03-5312-7432（編集）
電話03-5312-6150（販売）
発売元：株式会社講談社
（講談社・一迅社）

印刷所・製本■大日本印刷株式会社
DTP■株式会社三協美術

装　幀■世古口敦志・丸山えりさ・
川田詩桜（coil）

ISBN978-4-7580-9635-5

この本を読んでのご意見
ご感想などをお寄せください。

おたよりの宛て先

〒160-0022
東京都新宿区新宿3-1-13
京王新宿追分ビル5F
株式会社一迅社　ノベル編集部
霜月《しもづき》 零《れい》 先生・一花《いちげ》 夜《よる》 先生

第13回 New-Generation アイリス少女小説大賞

作品募集のお知らせ

一迅社文庫アイリスは、10代中心の少女に向けたエンターテイメント作品を募集します。ファンタジー、ラブロマンス、時代風小説、ミステリーなど、皆様からの新しい感性と意欲に溢れた作品をお待ちしています！

金賞 賞金100万円 ＋受賞作刊行

銀賞 賞金20万円 ＋受賞作刊行

銅賞 賞金5万円 ＋担当編集付き

応募資格 年齢・性別・プロアマ不問。作品は未発表のものに限ります。

選考 プロの作家と一迅社アイリス編集部が作品を審査します。

応募規定 ●A4用紙タテ組の42字×34行の書式で、70枚以上115枚以内（400字詰原稿用紙換算で、250枚以上400枚以内）
●応募の際には原稿用紙のほか、必ず ①作品タイトル ②作品ジャンル（ファンタジー、時代風小説など） ③作品テーマ ④郵便番号・住所 ⑤氏名 ⑥ペンネーム ⑦電話番号 ⑧年齢 ⑨職業（学年） ⑩作歴（投稿歴・受賞歴） ⑪メールアドレス（所持している方に限り） ⑫あらすじ（800文字程度）を明記した別紙を同封してください。
※あらすじは、登場人物や作品の内容がネタバレも含めて最後までわかるように書いてください。
※作品タイトル、氏名、ペンネームには、必ずふりがなを付けてください。

権利他 金賞・銀賞作品は一迅社より刊行します。その作品の出版権・上映権・映像権などの諸権利はすべて一迅社に帰属し、出版に際しては当社規定の印税、または原稿使用料をお支払いします。

締め切り 2024年8月31日（当日消印有効）

原稿送付宛先 〒160-0022 東京都新宿区新宿3-1-13 京王新宿追分ビル5F
株式会社一迅社 ノベル編集部「第13回New-Generationアイリス少女小説大賞」係

※応募原稿は返却致しません。必要な原稿データは必ずご自身でバックアップ・コピーを取ってからご応募ください。※他社との二重応募は不可とします。※選考に関する問い合わせ・質問には一切応じかねます。※受賞作品については、小社発行物・媒体にて発表致します。※応募の際に頂いた名前や住所などの個人情報は、この募集に関する用途以外では使用致しません。